KB069466

오늘도 교사로 걷는 당신에게

소소하지만 특별한 교사의 시간들

오늘도 교사로 걷는 당신에게

소소하지만 특별한 교사의 시간들

초 판 1쇄 2024년 02월 22일

지은이 배정화
펴낸이 류종렬

펴낸곳 미다스북스
본부장 임종익
편집장 이다경
책임진행 김가영, 윤가희, 이예나, 안채원, 김요섭, 임인영

등록 2001년 3월 21일 제2001-000040호
주소 서울시 마포구 양화로 133 서교타워 711호
전화 02) 322-7802~3
팩스 02) 6007-1845
블로그 http://blog.naver.com/midasbooks
전자주소 midasbooks@hanmail.net
페이스북 https://www.facebook.com/midasbooks425
인스타그램 https://www.instagram/midasbooks

© 배정화, 미다스북스 2024, *Printed in Korea*.

ISBN 979-11-6910-507-1 03810

값 16,800원

※ 파본은 본사나 구입하신 서점에서 교환해드립니다.
※ 이 책에 실린 모든 콘텐츠는 미다스북스가 저작권자와의 계약에 따라 발행한 것이므로 인용하시거나 참고하실 경우 반드시 본사의 허락을 받으셔야 합니다.

미다스북스는 다음세대에게 필요한 지혜와 교양을 생각합니다.

소소하지만 특별한 교사의 시간들

오늘도 교사로 걷는 당신에게

배정화 지음

미다스북스

1장

겨울, 움트는 시간

2장

여름, 뜨거웠던 열정의 시간

3장

가을, 깊어져 가는 시간

4장

| 다시 봄, 언제나 꽃피는 시간

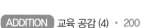

추천사

이 책은 첫 장을 넘기는 순간부터 마지막 장까지 눈을 떼지 못하고 빠져들게 됩니다.

교사를 시작하게 된 이유가 이 책의 저자와는 각자 다르다 하더라도 교사라면 한 번쯤 갈등하고, 고민하고, 아파했을 소소한 이야기가 저자 특유의 유머러스함과 솔직한 고백이 만나며 깊은 공감을 불러옵니다. 독자들에게 개인의 삶 속에서 교사라는 이름이 가져다준 선물은 무엇이었는지 그 기억을 자연스레 회상시키며 교사로 성장해 가는 녹록지 않은 여정 속에서도 학생을 향한 온전한 시선과 사랑, 행복한 교육을 희망하는 걸음걸음을 채근하지 않고 다독여 줍니다. 마지막 책장을 덮으면서 반복된 일상으로 지치고 딱딱해진 내 마음 한구석이 말랑해지고 따뜻해짐을 느끼게 될 것입니다. 이 시대에 교사로서 성장통을 겪고 있을 모든 이들이 이 책을 통해 교육자로서 걸어가는 길에 따뜻한 위로와 힘을 얻을 수 있길 응원합니다.

이향재(신일비즈니스고등학교 교장)

아마도 당신은 이 책을 단숨에 읽어 내려갈 것이다!
작가를 통해 귀로 들은 듯한 생생한 이야기,
그리고 마치 '뭐야, 내 얘기야?' 하며 어느새 몰입되어 버린다.
아이들에게 먼저 손을 내어주는 교사이고 싶었던 선생님에게
미처 그때는 보지 못했던 선생님의 관심과 사랑을 꺼내 보고 싶은 학생에게
당신 다음으로 아이들을 사랑했던 교사의 이야기를 궁금해 하는 학부모에게
3월이면 다시 만나게 될 방문객들, 우리 서로가 환대하길 바라며 이 책을 추천한다.

고윤경(경기도 훈민중학교 수석교사)

영어 단어 중 '초콜릿 박스(chocolate box)'는 말 그대로 '달콤한 초콜릿이 든 상자'라는 뜻도 있지만 형용사로 '장난감 같은', '동화에 나올 것 같은' 그리고 '환상적인'이라는 의미가 되기도 합니다. 예쁜 상자 속에 좋아하는 초콜릿이 종류별로, 색깔별로 가득 담겨있다고 상상을 해본다면 그래서 그 상자를 열 때마다 '어떤 것부터 먼저 먹을까?', '이건 무슨 맛일까?' 마구 설렌다고 생각하면 이 단어가 왜 그런 뜻을 갖는지 수긍이 됩니다.

배정화 선생님의 『오늘도 교사로 걷는 당신에게』를 읽으며 일주일에 일곱 번 꺼내 쓸 수 있는 하루하루 중 오늘은 어떤 날이었는지 돌아봅니다. 초콜릿 상자처럼 설레는 마음으로 열어본 하루였는지 그래서 환상적으로 채워진 하루였는지 말이지요.

인생길에서 달콤한 날도, 씁쓸한 날도 있고 때로는 많이 아프고 무너지는 듯한 절망감이 드는 날도 있지만 이 책은 교사로 살아가는 많은 이들에게 편안하고 흡입력 있는 문체로 우리가 잊고 있던 설렘을 살포시 건네줍니다.

교사로 살아가기 힘든 시대에 동료로서 공감과 지지를 전하는 이 책이 많은 이들에게 달콤하고 잔잔한 위로가 되기를 바랍니다.

조인정(경기도미래교육연수원 교육연구사,
2023 경기교사연구년 총괄 운영 담당)

모든 선생님이 그렇듯 2월은 다시 시작되는 새로운 학기, 새로운 학년에 대한 고민과 부담, 설렘으로 머릿속이 복잡한 심란한 시기다. 그런데 이 책을 읽으면서 내가 왜 교사가 되길 꿈꿨었는지, 임용고시에 합격하던 그 기쁨의 순간, 첫 출근, 담임을 맡았던 아이들의 이름까지 되새기며 잠시 추억여행을 했다. 교사를 꿈꾸었고, 교사가 되어 뜨거운 열정을 불태웠고, 때로는 아팠으며, 그러나 늘 희망찬 봄의 새학기를 맞이하고 있는 나의 이야기 같았다. 배정화 선생님과 햇살이 따사롭게 내비치는 카페에 앉아 따뜻한 차 한잔을 마시며 담소를 나누는 것 같았다. 나와 그녀의 이야기, 그리고 교사로서 우리의 이야기를 마음껏 털어놓으면서 말이다. 책을 다 읽고 나선 두근거리는 설렘으로 가슴이 뛰었다. 마치 첫 발령을 받고 첫 출근을 했던 그 시절처럼. 이 책은 우리의 이야기를 서로 나누면서 힘들고 지친 우리의 마음에 위로가 되어줄 것이다. 그리고 우리가 꿈꾸었던 '선생님'이 다시 희망으로, 행복으로 다가오게 할 것이다. 오늘도 교사로 걸어갈 우리에게.

이은경(경기도 복정고등학교 지리교사)

그 어느 때보다도 교사에 대한 사회적 관심이 높은 시기입니다. 교사라는 직업을 안정적인 직업, 악성 민원, 금쪽이, 별난 학부모 등으로만 바라보고 계셨다면 이 책을 꼭 읽어보시길 바랍니다. 교육현장의 선생님들이 어떤 생각과 어떤 마음으로 임하고 있는지를 알 수 있습니다. 교실에서 마주치는 수많은 현실 속에서 더 나은 교육을 하기 위해 고민하는 선생님들의 마음이 고스란히 잘 느낄 수 있습니다.

『오늘도 교사로 걷는 당신에게』는 오랜 생활 교직 생활을 한 선생님들에겐 교사가 되고 싶었던 초심을, 이제 막 교직 생활을 시작한 선생님들에겐 어떤 마음으로 교직 생활을 해야 할지 생각해보게 하는 좋은 책입니다. 아이를 학교에 보내고 있는 학부모님들이 이 책을 읽으신다면 교사에 대해 가지고 있는 오해와 편견을 없애고 교육현장에 있는 선생님들을 더 잘 이해하고 신뢰할 수 있을 것입니다.

학교를 졸업하고 성인이 되면, 학교 교육에 대한 관심이 멀어지는 것이 사실입니다. 『오늘도 교사로 걷는 당신에게』

처럼 대한민국의 교육을 이끌어가는 선생님들의 이야기들이 더 많은 책들로 출간되어 우리나라의 교육이 더 발전하기를 희망합니다. 부디 이 책이 많은 분들에게 읽혀서 아이들을 생각하는 선생님들의 진심이 널리 전해지기를 바랍니다.

이권복(유튜브 '교육의민족' 운영자,
『48일완성주린이탈출기』 저자)

교사 덕후로 산다

"청바지가 잘 어울리는 여자.

밥을 많이 먹어도 배 안 나오는 여자,

내 얘기가 재미없어도 웃어주는 여자, 나는 그런 여자가 좋더라."

진섭이 오빠가 좋아하는 여자가 되기 위해 노력했던 고등학교 시절, 방구석에서 노랫말을 연습장에 받아 적고, 따라 부르면서 나는 그렇게 변진섭 오빠 팬클럽에 입덕했다. 돌이켜보니 그때는 나도 덕후였는데. 이제는 의욕 없는 방구석 귀신이 되었다.

최근에 소장했던 수많은 카세트테이프를 정리하면서 내

생애 처음이자 마지막 덕후 생활과 안녕했다. 누구는 영화광, 여행 킬러, 애니 광팬, 음악, 미술 등 관심사도 많은데, 그때 이후로 나는 특별히 빠져 사는 게 없다. 이것저것 하나씩 해보긴 했으나 끝맺지 못한 도전은 모든 것에 초급딱지를 선사했다. 덕후의 경지는 꿈도 꾸지 못하고 말이다.

사실 난 별다른 취미가 없는 집순이다. "나가서 좀 놀아. 뭐 취미 없어?"라고 묻는 가족들에게 "왜? 지금이 좋은데." 라고 하면 "참 세상 재미없게 산다."라는 연민의 말투가 돌아오곤 했다. 그렇다. 학교에서 돌아오면 이렇게 소파에 가만히 앉아있는 것이 나의 최애 취미 생활이다. 다른 사람처럼 그다지 하고 싶은 게 없다. 몸에 에너지가 빠져서인지, 진짜 하고 싶은 게 없어서인지는 알 수 없으나 학교에 다녀오면 종이 인형이 되어버리는 나. 그저 모든 힘을 빼고 소파에 앉아서 바라보는 평화로운 풍경이 좋다. 그리고 아무것도 안 할 수 있는 이 여백의 시간이 아주 좋다.

다만 그런 나에게도 집에 있는 것 말고 유일하게 평생을 꾸준히 해오고 있는 것이 있다. 그건 바로 학교 가는 것이다. 그렇다고 학교를 엄청 가고 싶어서 가슴이 뛴다고 오해는 하지 마시라. 그냥 가장 오랫동안 에너지를 쏟고 있는 일이라는 것뿐. 아파서 쓰러진 일 외에는 지각 한 번 한 일이 없이 긴 세월을 성실하게 다녔다. 그리고 나의 모든 소비와 행동은 교사를 잘하기 위한 덕질이었다. 예쁜 옷을 사서 입는 것도, 귀여운 문구를 사서 학교 책상에 두는 일도, 책을 사서 읽는 것도, 가끔은 여행이라는 것을 가서 경험을 축적하는 것도, 유행하는 영화를 보는 것도, 아이돌 노래를 들어보는 것도, 집에서 소파에 온종일 앉아 에너지를 충전하는 것도, 모두 선생 노릇 잘하기 위한 남모를 노력이다.

거기에다 내가 가진 약점 중의 하나는 귀여운 것에 사족을 못 쓴다는 것이다. 레이더망에 걸리는 귀여운 것이면 물불 안 가리고 바로 거기에 덕질을 한다. 그런데 학교에는 귀여운 아이들이 너무 많아서 내 마음을 빼앗길 때가 많다. 모두 다르게 생긴 것도, 예쁘게 말하는 것도, 열심히 배우는 것도, "선생님!"하고 부르며 멀리서 뛰어와 안기는 것도, 꼬물꼬물

한 손으로 꾹꾹 눌러쓴 편지를 주는 것도, 용돈을 털어 작은 선물을 내미는 것도, 헤어짐이 슬퍼서 엉엉 우는 모습도, 모두 모두 귀엽다. 이런 아이들을 위해 수업을 열심히 준비하는 일, 아픈 마음을 토닥토닥해 주는 일, 작은 선물로 응원해 주는 일, 인생 선배로서 든든하게 지켜주는 일이 바로 내가 귀여운 생명체를 위해 애쓰는 덕질인 셈이다.

교사로 입덕한 지 이십여 년째, 초짜 교사에서 교사 덕후 정도까진 이르렀다고 스스로 인정하는 한 가지는 여전히 아이들이 좋다는 밑도 끝도 없는 부심이다. 또 교사라는 이 직업을 여전히 사랑하는 것, 그래서 어쩌면 다시 태어난대도 이 일을 선택할지도 모르는 바보라는 것. 이쯤 되면 그래도 한세월 학교 귀신으로 살아온 내 삶이 덕후(德厚)의 조건은 되지 않을까?

이 책은 교사 덕후로 살아가는 소소하지만, 특별한 시간을 담은 나의 이야기이자, 우리들의 이야기이다. 교직에 대한 애정과 교사의 삶을 마음의 계절에 빗대어 에피소드별로 담아 보았다. 교사로 서기 위해 견뎌냈던 겨울의 시간, 열정 가득하게 교육했던 뜨거웠던 여름, 성숙한 교사로 익어가는 가을, 그리고 다시 맞이하고 있는 내 인생의 봄날 같은 이야기. 이 시대 교사로 살아간다는 것은 참으로 어렵고, 그러면서도 외롭다. 그러기에 오늘도 나처럼 휴일이면 소파에 온종일 앉아 시간을 보내면서도 교사 덕후의 부심을 안고 출근하는 선생님들과 다정하게 담소를 나누고 싶었다. 우리만의 특별한 시간을 함께 나누며 우리의 길을 응원하고 싶었다. 내일은 학교로 가는 발걸음이 더 가볍기를 바라며. 그리고 오늘도 교사로 걷고 있는 당신이 제법 괜찮은 사람이라는 것을 알아차리길 바라면서.

볕 좋은 휴일, 소파에 앉아 온통 학교 갈 생각, 가지 않을 상상을 하며 멍 때리고 있는 저자, 배정화.

1장

겨울, 움트는 시간

1. 나를 키운 팔 할

버스를 타고 광화문 세종문화회관을 지나칠 때면 나는 어김없이 옛날 헤어진 남자 친구를 회상하곤 한다. 바바리코트 깃을 휘날리며 긴 계단을 걸어 올라와 미소 짓던 사람. 가을 냄새 물씬 풍기는 그 계절의 끝 언저리, 광화문 거리 어디쯤에서 그와 절절하게 이별했다. 그 장면을 생각하면 왠지 따뜻하면서도 시린 추억에 기분이 묘해지곤 했다. 십수 년이 지난 지금도 이곳을 지날 때면 헤어졌던 그 남자가 왜 여전히 생각나는지. 도대체 왜! 내 남자 친구도 아닌 중학교 때 우리 국어 선생님의 애인이 말이다.

남자 친구와 헤어진 이야기를 어찌나 실감 나게 해주시던지 1열에서 직관하던 나는 그만 내가 주인공인 양 국어 선생님의 연애사에 푹 빠져버렸다. 그것도 모자라 광화문에 오기만 하면 나와는 아무 상관 없는 선생님의 애인을 떠올리게

됐으니, 분명 어린 중학생이었던 나에겐 그 스토리가 꽤 가슴 설레는 사건이었음이 틀림없었다. 그리고 언젠가 그녀가 슬픈 얼굴로 불러 준 이문세의 노래 역시 가을만 되면 여지없이 내 마음을 흔들어댔다.

우치다 타츠루는 『스승은 있다』라는 책에서 스승에 대해 말하길, 누군가를 스승으로 삼을 때 뛰어난 능력이 꼭 있어서라기보다는 아무도 알지 못하는 그 선생의 훌륭한 점을 나만 알고 있다는 '오해'로부터 사제관계가 시작된다고 했다. 지금 생각하면 양 갈래로 땋은 촌스러운 머리도, 작은 덩치에 잘 어울렸던 빨간 스웨터도, 늘 밝게 웃어주었던 모습도 모두 나만을 향한 세레나데가 아니었음에도 나 역시 선생님의 특별함에 완전히 빠져버렸다.

그때부터였을지도 모른다. 한없이 소심하고, 부진했던 내 삶이 선생님들로 인해 조금은 아름다워졌을 때가. 그렇게 보잘것없었던 꼬맹이가 눈빛으로 무언가 되겠다고 뿜어내던 때가 말이다. 선생님을 우연히 만나고 내 인생에도 봄이 오기 시작했다. 사실 그 이후로도 나는 여러 선생님들과 자주, 그리고 금세 사랑에 빠졌다.

중1 때 만난 수학 선생님, 그녀의 옷차림은 항상 내 눈길을 끌었다. 지적인 뿔테 안경을 본 순간, 안경 쓴 사람 중에 선생님처럼 멋진 여자는 없을 거라고 생각했다. 그런데 수학 부진으로 수학 시간마다 방망이질 쳤던 내 가슴은 도저히 선생님과의 거리를 좁힐 수 없는 간극을 만들었기에, 수학 선생님이 되기에는 애당초 글러 먹었다는 것을 알고 있었다. 하지만 선생님 눈에 들고 싶어 수학책을 달달 외워 좋은 점수를 기록하는 의지의 중학생이었으니 그녀에 대한 동경만큼이나 내 점수는 쑥쑥 올라갔었다.

역사 선생님은 또 어떻고. 그는 키가 아주 작았을뿐더러 거기다가 손가락에는 다소 큰 반지를 끼고 있었다. 그런데 반지만 엄청나게 크게 보여서 그 부조합이 조금은 우습다고 생각했었다. 그래도 흥미진진한 이야기에 빠져들 때면 선생님의 외모 따위는 안중에도 없었다. 그런 이야기꾼 선생님을 지켜보면서 역사 선생님이 되어도 좋겠다는 꿈을 꾸었다.

어느 날 갑자기 학교에 새로 오신 음악 선생님. 멋스러운 단발머리에, 트렌치코트를 자주 입었다. 점심시간이면 운동장을 혼자 걸었던 그녀, 선생님은 왠지 짙은 가을을 닮아있었다. 쓸쓸한 모습이 우수에 찬 듯 슬퍼 보이기도 해서 선생님이 한 발짝 옮기는 걸음마다 아이들의 시선을 한 몸에 받았다. 항간에 고인이 된 가수 유재하의 옛 여자 친구였다는 소문이 돌면서 우리들의 눈을 휘둥그레 만들기도 했다. 진짜일까? 그래서 저렇게 슬퍼 보이는 걸까? 모든 소문은 미확인 비행 물체 같은 것이었지만 선생님의 신비주의는 한동안 우리의 대화를 비밀스럽게 만들어주었다. 아마 선생님이 갑자기 학교를 그만두지 않으셨다면 나는 또 음악 선생님이 될 거라는 꿈을 꾸었을지도 모르겠다. 우수에 찬 걸음을 흉내내면서 말이다.

여고에 입학하면서 내게도 운명적인 사랑이 찾아왔다. 안타깝게도 할아버지 선생님이었지만 선생님의 귀여운 일본식 언어 구사는 또 한 번 나를 사로잡았었다. 학창 시절 내내 독립투사도 아닌데 뭔 놈의 결심을 그리도 비장하게 많이 했는지 원. 하여튼 열일곱 살의 소녀는 또 한 번 굳은 결심을 했더랬다. 선생님과 결혼은 못 하겠지만 선생님처럼 재밌고 멋있는 국어 선생님이 꼭 될 거라고…. 그런데 말이다. 나는 고등학교 3학년 때 만난 한문 선생님의 현란한 말솜씨에 빠져 변심했고, 결국 한문 선생님이 되고 말았다. 대상만 바뀌었을 뿐 언제나 그랬듯 교사가 되고 싶다는 꿈은 학창 시절 내내 마음속에서 몽글몽글하게 피어나는 '미래 소년 코난'의 희망 같은 것이었다.

'선생님', 나에겐 참으로 따뜻하고 좋은 이름이었다. 한없이 소심하고 부진했던 내가 어린 날 되고 싶은 유일한 어른이었고 세상이었다. 대학원 수업 때 언젠가 교수님이 그러셨다. 직업은 어쩌다가 가지게 되는 거라고. 꿈을 직업으로 갖는 사람은 정말 운이 좋은 사람이라고. 그런 면에서 난 정말 운 좋은 사람이었다. 나의 오랜 꿈! 중학교 때부터 어렴풋이 꾸게 된 꿈을 직업으로 가졌으니 말이다. 내가 선생님들에게 입덕하여 교사의 삶을 내 것으로 가져올 수 있게 된 건 순전히 좋은 선생님들을 만난 덕분이었다.

아이들을 바라보는 다정한 마음도, 감성적인 시선도, 열심히 노력하여 이루어내는 끈기도, 재밌게 수업하는 장기도, 모두 날 가르쳐준 선생님들에게서 배워서 흉내 내는 것이다. 눈으로 따라 하고, 마음으로 담으며, 가슴으로 느끼다 보니, 어느새 나도 옛 선생님들을 닮은 교사가 되었다.

나는 지금 어떤 선생님의 모습으로 아이들 앞에 서 있을까? 스승을 닮아가고자 했던 내 어린 날의 작은 움직임들이 혹시 내가 가르친 아이들 속에서도 일어나고 있을까? 교실로 파고든 햇살에 마음이 한껏 부풀어 오르면서 따뜻한 시선이 아이들에게 꽂힌다. 나를 키운 팔 할이 선생님이었던 것처럼 나도 아이들 곁에서 그들의 삶을 아름답게 꽃피울 수 있게 하는 팔 할의 바람과 햇살이 되고 싶다.

2. 파란불이 켜진 신호등

매일 아침 신호등을 바라보며 건널목 앞에 서 있는 여자. 패딩 조끼에 질끈 묶은 일명 '똥머리'는 누가 봐도 고시생이다. 온통 책으로 가득 찬 무거운 가방을 메고 있어 조금이라도 건드리면 중심을 잃을 듯 위태해 보이는 여자는 항상 같은 시간에 신호등 앞에 서 있었다. 그리고 늘 응시한다. 그녀 옆에 예쁜 구두를 신고 아담하고 귀여운 가방을 들고 서 있는 또 한 명의 여자를. '나도 저 여자처럼 예쁘게 하고 출근하고 싶다.'라고 속으로 중얼거리면서….

그녀는 그날도 달려오는 파란 버스를 보며 문득문득 생각했다. '뛰어들어볼까? 아프겠지? 피가 나고 바로 죽겠지? 죽는 건 괜찮지만 아픈 건 싫은데….' 그녀의 옮기지 못한 행동은 늘 상상에 그치기 일쑤였다. 그녀는 그렇게 늘 같은 그 자리에서 비슷한 욕망과 충동을 느끼며 삼 년을 하루 같이 보냈다. 구질구질하게 이십 대를 통과 중이었던 임용고시 삼수생. 그 여자가 바로 나란 여자였다. 그 여자에게는 스물일곱 살의 봄이 오기 전까지 어떤 날도 봄이 아니었다.

"또 안 됐어?" 연이어 들리는 불합격 비보에 친척들의 안부까지 더해지면 어김없이 부모님의 어깨가 축 처졌다. 낙방 결과에 쥐구멍에라도 숨고 싶었던 나는, 그때부터 투명 인간으로 사는 삶을 택했다. 대학을 졸업한 해에 치른 임용시험에서는 불합격의 이유조차 찾지 못했다. 시험 당일 엄마가 끓여준 미역국을 탓하며 변명을 해봤지만, 참혹한 현실은 내게 백수 타이틀을 달아줄 뿐이었다.

다 커서 집에 손을 벌릴 수도 없었고, 그렇다고 집에 주야장천 처박혀 있을 수도 없는 노릇. 돈을 벌어야 공부에 매진할 수 있었으니, 뭐라도 해야 했다. 중고등학교 때 한 두어 번 해본 아르바이트는 신이 났었는데 막상 커서 하려니 그게 왜 또 그렇게 창피했던지. 내가 있어야 할 자리는 여기가 아니라고 강하게 부정해 보지만 그 자리마저 잃고 싶지 않은 절박함. 양가의 감정이 나를 짓눌렀다. 벼룩시장 주간지를 뒤지고 뒤져 겨우 시작한 일로 돈을 벌었지만, 알바생과 고시생의 짬뽕 같은 삶. 이것저것 뒤섞여 이 맛도 저 맛도 아닌 어중간한 지점이 내 삶의 모습이었다. 그렇게 독서실 비용을 벌어 하루를 삼 년같이 공부했다. 눈에서 진물이 나고, 종이를 씹어 먹어서라도 반드시 교사가 되리라고 칼을 갈았던 시간이었다.

졸업하고, 십 개월 만에 다시 응시하게 된 시험. 5명밖에 뽑지 않는 인천에 호기롭게 원서를 던졌다. 1차 합격은 정원의 1.2배수로 6명 합격, 최종 합격은 1명이 떨어지고 5명이 합격하는 수순이었다. 무슨 자신감이었을까? 나는 왠지 최종 등수 안에 반드시 들 것 같은 확신이 있었다. 시험 당일 추운 날씨와 급격히 긴장한 몸 상태 때문에 모든 여건이 좋지 않았다. 하지만 빼곡히 쓴 답안지를 생각하니 느낌이 좋았다. 머지않아 좋은 소식이 들려왔는데, 1차 합격이었다. 그러면 그렇지. 신은 날 버리지 않았어. 이렇게 열심히 했는데 떨어지는 건 내 운명이 아니지. 1차 합격 소식을 들은 아버지는 그날 밤 거나하게 술을 드셨다. 아마 오랜만에 다리를 쭉

뻗고 주무셨을 것이다.

최종 합격 발표가 있던 날, 나는 불운의 여자가 되었다. 그 한 명이 바로 내가 될 줄이야. 시험도 잘 봤고, 면접도 잘 봤는데. '왜에에에에~ 도대체 내가 떨어지냐고요!' 몇 번의 울분을 토해냈지만, 결과는 바뀌지 않았다. 그해에도 합격의 문턱을 넘지 못했다는 그녀의 소식은 온 가족에게 또 한 번 절망을 안겨줬다. 스물다섯 살의 나는 그렇게 또 겨울 속에 갇혔다.

그다음 해 봄, 여전히 신호등을 바라보며 건널목 앞에서 발을 내었다 들여놓기를 반복했다. 또 이렇게 사는 건 안 될 일이지. 나도 이제는 뾰족구두도 신고, 예쁜 가방 메고 출근도 하고 싶다고! 이런 젠장! 그런데 딱 거기까지였다. 여전히 죽을 용기는 없었다.

어두운 독서실도, 차가운 도시락도, 그놈의 패딩 잠바때기도 다 지겨운데…. 지루하리만큼 긴 똑같은 일 년이 또 시작되었다. 그리고 다시 돌아온 그해 겨울, 시험 당일 떨지 않겠다고 먹었던 우황청심환은 어느 순간 내 고개를 꾸벅꾸벅 졸게 했다. 다급해진 나는 껌을 씹으며 나른해지는 몸과 사투를 벌여야 했다. 이 무슨 어이없는 일이란 말인가? 실수였다. 신경안정제는 깊은 편안함 속으로 나를 밀어 넣고 있었다. '안 돼! 정신 차리라고. 시험이야. 이 바보야!'

결과는 1차 합격은커녕 완전 불합격, 전장에서 피 흘리며 처참하게 짓밟혀 다시는 회복되지 못할 판이었다. 이제는 진짜 모두에게 쓸모없는 존재로 잊혀 가는 느낌이었다. 신(神)도 나를 버렸고, 나도 신을 버린 날이었다.

춘래불사춘(春來不似春), 또 한 번의 봄은 왔으나 봄 같지 않은 날이 계속되었다. 나의 혹독한 세상과는 달리 타인의 세상은 아무 일 없는 것처럼 평화로운 듯했다. 그 평화로움이 서러웠다.

세월은 무심히 흘러갔고, 극적인 사건이 있었던 어느 날이었다. 홍수가 대학교 교정을 덮치며 언덕에서부터 큰 물살이 흘러 내려와 사람들을 덮치고, 모두 쓸어버렸다. 당황해서 어쩔 줄 몰라 하고 있는데 시험에 붙었던 선배가 곰 석상에 올라서서 나에게 구원의 손을 뻗었다. 나는 알 수 없는 힘에 이끌려 선배의 손을 잡았고, 가까스로 거기에 올라설 수 있었다. 내가 올라서자마자 큰 물살이 또 한 번 빠르게 사람들을 쓸고 지나갔다. 휴~ 꿈이었다. 누군가 말했던 예지몽이었다. 그해 나는 합격했다. 패잔병 신세로 몇 년을 구차하게 살다가 드디어 구사일생으로 새 생명을 얻었다. 스물일곱에 그렇게 봄을 맞이했다. 바람이 따뜻했다.

내가 정말 교사가 되었다. 드디어 내 인생에도 파란 신호등이 켜졌다. "그토록 해보고 싶은 출근이란 걸 한다고, 원하던 곳으로 말이야." 허공을 향해 수없이 외쳐도 질리지 않았다. 예쁜 구두를 신고, 작은 가방을 들고 학교로 출근하던 날, 신호등 앞에 서서 죽음과 대화했던 그 임용고시생과 비로소 이별했다.

'고맙다! 그때 선을 넘어가지 않아 줘서. 네 덕분에 지금의 내가 있다.'

3. 교사를 그만두지 않는 방법

목표물 앞에서 서성거리기를 여러 날, 차마 발걸음이 떨어지지 않았다. '더는 안 되겠다. 오케이! 오늘은 꼭 들어간다!' 심호흡을 여러 번 하고 모자에다 마스크까지 완전무장을 하고 돌진했다. '누가 날 알아보기나 하겠어?' 나쁜 짓 한 것도 아닌데 괜스레 가슴이 쿵쾅거렸다. 우히히. 마스크 끼는 게 이상하지 않은 세상이 되어서 얼마나 다행인지. 드디어 목적지에 도착했다. 아! 이게 뭐라고 이렇게 식은땀까지 흐르는 건지. 창피했다. 나를 알아볼까 봐, 아니 아무도 내가 교사인 줄 모르는데 짐짓 그게 찔려서. 다른 사람들은 잘도 들어가서 척척 사 오기만 하는데 나는 왜 이렇게 손발이 떨리는지. 에이! 들어가지 말까? 한참을 마음의 소리와 실랑이하다 결국 발을 들여놓았다. 심호흡하고 천천히 말을 뱉었다.

"흠. 아저씨~~ 복권 한 장만 주세요!"

약간의 떨림은 있었지만 나름 괜찮았다. 아저씨의 빠른 손놀림으로 드디어 내 손에 복권이 들어왔다. 교사가 되고 처음 해본 일이었다. 아이들 가르치는 사람은 이런 사행성을 조장하는 행위에 빠지면 안 된다는, 이건 교사로서 올바른 모습이 아니라는 '내 염병 같은 강박'에 돌을 던진 역사적인 날이었다.

언제부턴가 교직에 있으면서 주기적으로 우울증 '그분'이 찾아오셨다. '아! 학교 가기 싫다' 이런 악마의 속삭임이 있을 때마다 현실과 이상 사이에서 방황했던 나. 그런데 결정적으로 퇴직을 실행할 돈이 내게는 없었다. 궁리 끝에 상상을 현실로 이루게 해줄 것은 단 하나, '복권 당첨'밖에 없다고 생각했다. 그리고 이왕이면 당당히 1등에 당첨되고 싶다며 간절하게 하나님께 기도했다. 매주 눈을 꼭 감고 번호를 맞춘다. 아놔~ 이번에도 아니다. 너무 큰돈을 말해서 그런 건가? 그 후로도 '그분'이 오실 때마다 교사 탈출을 위한 잠행과 기도는 그렇게 계속되었다.

연말이면 연예인들이 시상식에서 "이 모든 영광을 하나님께 돌립니다."라고 하는 말을 듣고 있으면 저 겸손한 말은 진짜일까? 가식일까? 했는데 내게도 그 말의 의미가 통한 적이 있었다.

고통의 시간이 끝나고 삼 년 묵은 체증이 쑥 내려갔던 때의 일이다. 그것도 다름 아닌 기도로 말이다. 초등학교 때부터 옆집 아줌마의 손에 이끌려 교회에 나갔던 게 고등학교 때까지 이어졌고, 그 이후의 삶은 탕아로 살아왔다. 그런데 그때 벌어진 사건은 그냥 짝퉁 기독교인으로 살아왔던 나를 다시 큰 존재의 품으로 돌아가게 한 충격적인 일이었다.

임용고시 준비를 하며 학습지 교사로 아이들을 가르쳤던 때였다. 그때 우연히 만난 학부모님은 내가 교사 임용시험을 준비하고 있다는 것을 알고, 물심양면으로 나를 도와주셨다. 가장 큰 도움은 바로 기도하는 삶으로 나를 이끈 것이었다. 원하는 것이 있으면 자식이 부모에게 하는 것처럼 구체적으로 기도하면 들어줄 거라고 하셨다. 말도 안 되는 소리라고 생각했지만, 그때의 나는 이것저것 가릴 처지가 아니었기에 그분의 말씀을 믿어보기로 했다.

그해에도 여전히 공부하고, 아르바이트하는 삶의 연속이었지만 학부모님의 권유에 따라 주말이면 교회에도 다시 나가기 시작했다. 시간은 잘도 흘러 또다시 시험 때가 되었다. 시험 전날 긴장한 탓인지, 먹은 것이 체했는지 화장실에서 한바탕 구토를 해댔다. 집중도 잘되지 않아 공부를 작파하고 기도나 해보자는 마음으로 무작정 교회로 발걸음을 옮겼다.

그렇게 시작한 구체적인 기도 내용은 이랬다. "하나님! 제가 00년, 00월, 00일, 00시에 경기도에서 교사 임용시험을 봅니다. 465명이 응시하는데 그중에서 꼭 5등 안에 들고 싶습니다." 간절한 기도였으나 뜬금없이 내뱉은 5등이란 등수는 나 역시도 당황하게 만든 야심찬 숫자였다. 하지만 하나님이 약속을 들어주시는지 알아보기 좋은 숫자이기도 했다. 나는 여기서 기도를 멈추지 않고 달콤한 약속까지 덧붙였다.

"하나님께서 만약 제 기도에 응답해 주시면, 교회 열심히 나가는 착한 사람이 되겠습니다."

발표가 나던 날, 다급하게 걸려 온 동료의 전화 한 통. 헉! 몇 년 만에 들어보는 합격 소식이었다. 그런데 합격한 사실보다 갑자기 너무너무 궁금해진 건 바로 '기도 내용'이었다. 그렇다면 과연 나는 몇 등을 했을까? 내 기도를 정말 들어주셨을까? 빠른 손놀림으로 검색창에 이름을 치고, 등수를 확인했다. 미쳤다. 미쳤어. 웬일! 나의 등수는 진짜 5등이었다. 나를 한없이 작아지게 했던 기도의 응답이었다. 덕분에 나는 교사가 되었다. 순전히 기도발이었다. 이 모든 영광을 하나님께 돌립니다. 아멘이었다.

젊은 날, 이렇게 기도발로 교사가 된 나였는데, 이제는 교사를 그만두고 싶어서 기도발에 의지해 모험을 시도해 보고 있다니. 누가 보면 '쯧쯧쯧'이라고 하겠지만, 내 마음은 이런 격변의 시간을 지나고 있었다. 아랑곳하지 않고 이쯤에서 나의 좌우명을 또 한 번 떠올린다. 유지경성(有志竟成), 뜻이 있으면 마침내 이루어진다. 하하! 이럴 때 써먹으려고 좌우명을 만든 건 아닌데, 간절한 마음으로 매주 복권방에 가는 이 마음. 아마 그 노력을 가상히 여기신다면 이번에도 기도에 응답해 주실 것으로 생각하며 매주 한쪽 눈을 질끈 감는다. 거기다 또다시 약속을 덧붙인다. 젊은 날 거짓말했던 것을 반성하면서….

"하나님, 저에게 복권 한방을 허락하신다면 정말 열심히 살면서 불쌍한 사람도 돕고, 진짜로 진짜로 이번엔 교회도 잘나가겠습니다."

그래도 또 몰라서 한발 물러서는 척하며 간절히 기도한다.

"흠흠~ 아니, 정 그렇게 못 믿으신다면 복권에 맞아도 진짜로 교사 그만두지 않고, 학교 잘 다니겠습니다. 아~멘!"

4. 오랜 숙제를 끝내니 보이는 것들

"선생님, 다행이에요. 그때 저희 때문에…."

17년 만에 어린 제자와 다시 해후했다. 어느덧 시간은 아이와 함께했던 예전으로 돌아가고 있었다. 지금 내 아이들 소식을 들은 제자는 그동안 걱정했다면서 조심스럽게 이야기를 꺼냈다. 까맣게 잊고 있었던 일이었는데 제자의 말에 순간 가슴이 쿵 하고 내려앉았다.

힘들다고 소문난 학교에서 만난 아이들이었다. 그런데 듣던 것과는 달리 그곳에서 만난 아이들은 너무 순수하고 예뻤다. 서른 살의 열정 가득했던 나와 순진무구했던 아이들과의 좌충우돌 학교생활이 그렇게 시작되었다.

그 아이들과 함께할 당시 나는 늦은 결혼을 했고, 그 후에도 오랫동안 아이는 없었다. 학교 선생님들의 관심을 지속해서 받으며 임신에 대한 집착이 더 강해져 갈 무렵, 임신 키트에 원하던 두 줄이 생겼다. 아이가 찾아온 것이다. 실감이 나지 않았다. 얼마나 기뻤던지 학교에 어떻게 출근했는지도 몰랐었다. 그날따라 1교시부터 시작된 학업성취도평가 감독은 긴 시간 동안 이어지고 있었다. 그때 스르르 무언가 흘러내리는 느낌이 들었다. 시험감독이 끝나자마자 병원으로 차를 몰고 달려야 했다. 불길한 예감이 스멀스멀 올라오고 있었다.

"어, 아이가 아직 있네요." 의사 선생님은 유산 방지 주사를 놓아주셨지만, 밤새 아이는 핏덩이로 흘러내렸다. 나는 임신 사실을 안 지 하루 만에 졸지에 아이 잃은 여자가 되었다. 아이가 건강하지 못해 생기는 계류유산이라고 했다. 슬퍼할 겨를도 없이 무엇인지도 모를 존재가 아주 잠깐 왔다가 빠르게 도망쳐간 느낌이었다. 나는 찰나의 행복과 불행을 맛보며 첫아이를 그렇게 떠나보냈다.

일주일 병가를 끝내고 학교에 다시 돌아왔을 때 반 아이들은 내 눈치를 보며 조심스럽게 행동했었다. 수업도 더 잘 듣고, 사고도 치지 않으면서 말이다. 마치 선생님이 또 다치기라도 할까 봐, 자기들 때문에 다시 무슨 일이 벌어질 것처럼 전전긍긍하는 듯했다. 지금 생각하니 아마 그때 혹자는 너희들 때문에 힘들어서 선생님이 아픈 거라며 아이들에게 책임을 추궁했을지도 모르겠다. 그래서 자기들 탓인 양 나를 보는 눈빛에 미안함이 가득 들어 있었던 것일 수도.

내게 벌어진 일은 아이들을 지도하느라 힘들어서 그런 것이 아니었다. 그저 개인적인 문제였을 뿐이었다. 그런데 아이들은 무슨 생각을 하고 있었던 것일까? 아픈 이후로 진짜 아무렇지도 않게 태연하게 행동했다고 생각했는데 내 행동 하나하나가 아이들에게는 감당하기 힘든 무게였나 보다. 그때 내 상처에만 집중하느라 아이들의 상처를 미처 살피지 못했었던 나 자신을 떠올렸다. 그때의 나는 애들만큼 철부지였고, 애들보다 서투른 선생님이었다.

이렇게 오랜 세월을 돌고 돌아 다시 그때의 장면이 미안함으로 되살아날 줄 알았다면 아이들에게 솔직하게 내 마음을 말했으면 좋았을걸. 선생님은 진짜 괜찮으니 걱정하지 않아도 된다고, 너희들이 힘들게 해서 그런 것이 아니라고, 그리고 너희들이 선생님 곁에 있어서 진짜 든든하고 고맙다고 말이다.

내 인생에서 힘든 시간을 함께 지나온 제자가 이제 다 커서 어른이 되었다. 그런데도 제자는 중학교 3학년 때의 어린 모습으로 나에게 다시 말을 건넸다.

"선생님, 아이 잘못된 거, 우리 때문에 그런 줄 알고 죄송했어요."

어쩌면 우리 반 아이들도 지금 내 앞에 있는 K처럼 내 상처를 자신의 짐처럼 평생 마음에 담고 살지는 않았을까 생각하니 가슴 언저리가 콕콕 쑤셔왔다.

"K야! 너희들 잘못이 아니야. 아이가 건강하지 못해서 그렇게 된 거란다."

다 큰 제자가 그때의 소년으로 돌아가 그제야 수줍게 미소 지었다. 이렇게 긴 세월을 건너 우리는 비로소 마음의 짐을 내려놓았다. 왠지 남겨두었던 오랜 숙제를 모두 끝낸 느낌이었다. 지금까지 선생으로 살아오면서 아이들과 나는 그저 각자의 인생을 살고 있었다고 생각했다. 그런데 어쩌면 우리가 만난 순간부터 선생과 제자, 각자의 인생이 아닌 우리의 인생을 같이 살아내고 있었는지도 모르겠다.

5. 교사라는 이름이 가져다준 선물

무슨 정신으로 차를 몰았는지 모르겠다. 학교에서 집으로 그리고 다시 병원으로…. 중학교 때였던가? 연신 술을 마시던 아버지가 미워서 하나님께 기도했었다. 아빠를 빨리 데려가 달라고 말이다. 그때의 기억은 이미 다 잊었다고 생각했는데 그 순간 갑자기 어린 시절의 기도가 떠올랐던 건 우연이었을까? 밀려드는 죄책감 때문이었을까? 아버지와 함께했던 수많은 일들이 눈물과 함께 주마등처럼 차창 밖으로 마구 지나쳐갔다.

아버지가 술에 취해 들어오시는 날이면 언제나 같은 풍경이 벌어졌다. 우리 세 남매는 이불을 쓰고 자는 척을 해보지만 결국 일어나서 무릎을 꿇고 앉아 몇 시간 동안이나 아버지의 설교를 들어야 했다. 너희가 크면 내 마음을 다 이해하게 될 거라 했지만, 나는 그런 아버지의 마음을 끝까지 이해하고 싶지 않았다.

비가 갑자기 쏟아지던 날이면, 초등학교 앞은 마중을 나온 엄마들로 가득했다. 일하러 간 엄마가 못 오실 줄 알면서 연신 주변을 두리번두리번했던 나. 그런데 내 눈에 멀리서 포착된 낯익은 사람은 러닝셔츠에 운동복 차림의 아버지였다. 앗! 순간 너무 창피한 마음에 고개를 돌렸으나 재빠르게 나는 아버지 레이더망에 걸렸고, 아버지가 건넨 우산을 쓰고 말없이 집까지 왔었다. 가끔 생각해 본다. 차라리 비를 맞는 것이 괜찮았을까? 그래도 우산을 쓰고 갔던 것이 좋았을까? 아버지가 잘 차려입고 왔다면 나는 조금 덜 창피했을까? 지금도 학교에서 갑자기 쏟아지는 비를 마주할 때면, 그날의 아버지와 어색한 채로 그 장면에 그대로 서 있다.

그렇게 유년 시절의 아버지와 나는 애증의 관계로 자잘한 추억을 공유하며 수많은 날을 함께 보냈다. 술 때문에 엄마를 힘들게 하는 것도, 내 짝꿍의 아빠처럼 아빠 직업이 선생님이 아니었던 것도, 다른 아빠처럼 부자가 아닌 것도, 그 모든 것이 아버지에 대한 서운함과 원망이었다. 다만 그것들은 시간이 지나며 잊히고 지워지면서 나는 성인이 되고, 교사가 되었다.

조금은 쌀쌀하고 추웠던 겨울, 금요일 아침에 학교로 걸려 온 전화 한 통. 아버지의 부고였다. 상상하지 못했던 장면이 인생의 한 페이지에 새겨지는 순간이었다. 십 년 전 아버지가 다리 수술을 하셨던 날, 병원에서 의사 선생님이 예고했던 그날이었다. 엄마는 내가 수업하고 있을까 봐 바로 전화하지 못하셨다고 했다. 그 말에 화를 낼 새도 없이 몸을 일으켜 급히 차를 몰았지만 아버지와 나는 끝내 만나지 못했다. 아버지는 나와 만나기로 약속한 전날, 그렇게 바람처럼 가셨다. 아버지를 위해 준비한 포도주도 주인을 찾지 못한 채 장식장에 덩그러니 남아 몸을 숨겼다.

아버지에 대해 별달리 떠올릴 좋은 기억이 없다고 생각했는데, 죽음의 문턱에서 떠오른 기억의 파편은 나를 더욱 아프게 했다. 어릴 적 교사가 되고 싶다던 내 말에 마음으로 밀어준 아버지였다. 내가 교사로 설 때까지 말없이 바람막이가 되어 주셨던 아버지. 어둠의 동굴 속에서 길을 잃고 헤맬 때도, 임용고시 합격의 문턱에서 좌절했을 때도 그저 기다리고 기다려주셨다. 질책하지 않고 마음의 따뜻한 방 한편을 내주셔서, 그때도 말없이 우산을 씌워주셔서 아마 나는 그 안에서 편안하게 숨 쉴 수 있었나 보다. 당신이 그렇게 소원하던 '딸내미가 교사가 되었던 그 날', 모처럼 만에 콧노래를 부르며 편안한 웃음을 지으셨던 아버지. 학교에 처음 출근하는 딸내미의 구두를 매일 반짝반짝 닦아주셨던 아버지. 그랬다. 내 꿈이었던 '교사'는 아버지의 꿈이었고, 오랜 기다림이었다. 아마 지금도 저 위쪽 어딘가에서 학교에 가는 나를 보며 빙그레 웃으실는지도….

아버지가 떠나시고 나서야 내게 주고 가신 선물을 알아차렸다. 사랑이란 예쁜 꽃이 필 때까지 다정하게 바라봐주는 마음이라는 것을, 교육이란 씨앗을 뿌리고 싹틔울 때까지 기다려줘야 하는 일이라는 것을, 스승과 부모의 자리에서 아이들을 키우고 가르치며, 그 마음을 기억하고 싶다.

살아온 세월, 아버지를 사랑한 날보다 미워한 날이 더 많은 시간이었다. 함께 한 짧은 시간 동안 부족한 딸내미였다. 하지만, 아버지께 '교사'라는 그 이름을 선물로 드릴 수 있어서 아버지와 함께한 내 인생의 마지막 페이지는 그래도 해피엔딩이다. 지금 교사로 걷고 있는 당신이라면 누구에게나 교사라는 이름표가 주었던 설렘과 기쁨을 다시 기억했으면 좋겠다. 힘들 때마다 꺼내먹는 초콜릿처럼 그 달콤함이 주었던 기억은 언제나 우리를 교사로 다시 걷게 할 테니까.

6. 월요일 출근을 좋아했던 멍청이

〈개그콘서트〉가 끝나고 음악이 흘러나온다. 신나게 웃다가 어느 순간 가슴이 답답해 온다. 마치 '이제 자러 갈 시간이야. 내일 학교 가야지.'라고 말해주는 듯, 악마의 음악 소리 같기도 하다. 이 비슷한 패턴은 〈개그콘서트〉가 폐지될 때까지, 그리고 방학을 제외하고는 계속되었다는 게 슬픈 현실이다. 교사가 되고부터 이상하게 일요일 밤은 콩닥콩닥 뛰는 가슴을 부여잡는 일로 시간을 보냈다. 이런 나의 행동을 곁에서 지켜본 우리 엄마의 확인 사살은 나를 더 침울한 기분 한가운데로 몰아넣었다.

"아니, 평생 다닐 건데 교사가 학교 가기 싫어하면 어쩌냐?"

'꺅. 어머니! 평생이라뇨. 제가 제일 싫어하는 말을 지금 하셨습니다.' 나는 저 '평생'이라는 말을 그다지 좋아하지 않는 1인이다. 진짜 평생을 다녀야 할 일이 현실로 일어날까 봐 짐짓 두려워서…. 일요일 저녁에 다가오는 모든 것은 월요일병의 근원이었다. 일찍 자야 하는 스트레스도, 여행을 가도 6시 전에는 도착해야 하는 강박도, 다음날 수업 준비를 해야 하는 것도, 새벽같이 일어나야 하는 그 모든 것이 일요일 밤만 되면 목구멍에 걸린 돌덩이 같은 체증이었다.

아무리 저항해도 월요일은 오고 또 아침은 왔다. 더 최악인 것은 월요일 1교시가 아주 대답 없는 반이 걸리면 선생들은 그야말로 월요병 절임 배추가 되어 결국 풀이 팍 죽는다. 어차피 아이들도 나도 같은 병을 앓고 있는 사람들이었다. 피장파장 누구를 욕하랴. 빨리 월요일이 가고 금요일이 오기를 기다릴 뿐. 퇴직한 선생님이 퇴직 후 가장 좋은 점으로 꼽은 것은 스트레스 없이 맞이하는 월요일 아침이었으니, 그 병의 심각성을 알만하다. 어쩔 땐 월요일 없이 화요일이 두 번이면 안 될까 하는 엉뚱한 상상까지 해보기도 하고, 금요일 저녁이 되면 다가올 월요일을 생각하지 못한 채 물색없이 그저 행복해진다.

어느 날, 한 학생이 월요일을 좋아하는 녀석도 있다면서 말도 안 되는 소리를 했다. 그러면서 함께 듣자고 한 노래는 나에게 적잖이 충격을 안겨주었다. 미친 거 아냐? 어떻게 이런 노래가 있을 수 있지? 〈스폰지밥〉이라는 애니메이션의 주인공, 스폰지밥이 부르는 〈월요일 좋아〉라는 노래였다. 그 노래는 우리의 뇌를 끊임없이 세뇌하고 있었다.

"아잇 깜짝이야!
핑핑아 오늘 무슨 요일이야?
월요일? 우와! 월요일!
월요일 좋아!
최고로 좋아!
난 일할 때 제일 멋지지
오늘부터 열심히 할 거야
오 좋아! 월요일 좋아!
같이 불러 핑핑아~

월요일

월요일

월요이일

월요일 좋아!

제발 좀 조용히 해

월요일이 좋아서 난리 떠는 멍청이는 이 세상에 너뿐일 거야

월요일 좋아(맙소사) 진짜 맛있는 날이야(제발 그만해)"

스폰지밥의 마음을 이해해 보려 했지만, 도무지 공감할 수 없는 노래였다. 그런데 갑자기 "월요일 좋아."하며 아이들이 노래를 따라 부르고 있었다. 코웃음을 치던 나도 어느새 "월요일 좋아."하며 같이 부르고 있었다. 이상하다. 묘하게 빠져든다.

'난 일할 때 제일 멋지지.' 아니 뭐야, 철학까지 담았다. 이 노래 보통이 아니다. 그래 '난 일할 때 제일 멋지고 활력이 있지, 그러니 월요일에 출근해서 너의 멋짐을 보여주는 거야.'라고 말하는 듯했다. 난 가르치고 일할 때 제일 멋진데 어찌 알

았대? 슬슬 꼬임에 넘어가는 중이었다. 아이들과 나는 킥킥대며 노래를 따라 불렀다. 앗, 뭐지? 이 기분은. 조금 전엔 분명히 극혐의 월요일이었는데 아이들과 노래 부르다 보니 월요일이 월요일처럼 느껴지지 않았다. 우리는 그렇게 세뇌되어 가고 있었다.

어쨌거나 그렇다 해도 나는 월요일이 미치도록 좋아서 학교에 출근하고 싶은 교사는 아니다. 내 아무리 투철한 사명감과 뜨거운 동료애와 아이들을 사랑하는 깊은 애정이 있더라도 아마 앞으로도 그럴 일은 없을 것 같다. 그런데 한때는 사랑스러운 아이들을 만나고 싶어서 빨리 월요일이 되었으면 하고 난리 떠는 멍청이였던 적은 있었던 것 같다. 아이들과 하는 수업이 재밌어서, 그들과 나누는 대화가 좋아서, 하교 후 함께하는 청소 시간이 신나서, 내 말을 잘 들어주는 아이들이 예뻐서, 아니 그저 내가 그들의 선생이라는 것이 좋아서 말이다. 그땐 그랬었다. 멍청이같이.

월요일 출근과 더불어 1교시 수업은 교사에게는 영원히 부담스러운 숙제지만, 그럴 때마다 첫 마음을 떠올리며 스폰지밥의 〈월요일 좋아〉 노래를 계속 불러보려 한다. 힘들 때마다 커피와 초코파이 간식을 수혈하면서 월요일이 좋다고 노래 부르다 보면 언젠가 진짜로 월요일이 좋아지는 날이 오려나? 그때는 처음 교사가 되었을 때처럼 설레는 마음으로 월요일을 맞이할 수도 있을까?

"월요일 좋아, 최고로 좋아, 난 일할 때 제일 멋지지, 오늘부터 열심히 할 거야."

7. 난 덕후일까?

아침부터 허리가 끊어질 듯 아팠다. 가족들은 병원에 가보라고 성화였지만 나는 운동이 부족한 탓이라며, 모든 염려를 일축했다. 큰소리쳤던 만큼 걸으면 괜찮아질 거라고 믿으며 아픈 허리를 끌고 매일 걷고 또 걸었다. 근데 웬걸. 걸으면 걸을수록 통증이 더욱 심해졌다. 자세 때문이라고 확신했던 내 예상이 점점 빗나가기 시작했다. 그것도 아주 멀리. 드디어 통증 때문에 운신하지 못할 만큼 참지 못하는 순간이 오고야 말았다. 호기롭게 큰소리쳤던 처음 모습은 온데간데없고, 급기야 병색이 짙은 환자의 모양새로 병원 진료실에 힘없이 앉아있는 나.

"왼쪽 허리가 아프시다는 말씀이죠?"

의사 선생님은 이것저것 물으시더니 빠른 진단과 검사로

병명을 알아내셨다.

“신우신염입니다. 콩팥에 염증이 생겼네요. 입원해서 치료하셔야 합니다.”

처음 들어보는 병명이었다. 머릿속이 복잡했다. 몸이 아프기도 했지만, 쉽게 결정할 수 없는 내 상황이 괴롭기만 했다.

“선생님! 사실은요. 제가 입원하면 안 되거든요. 교사라서 아이들 수업 빠지면 안 돼요.”

의사 선생님은 어이가 없다는 듯 나를 빤히 쳐다보셨고, 통원 치료에 응하는 조건으로 귀가 조치가 내려졌다. 그다음 날 약을 먹은 후 학교에 멀쩡히 출근했고, 별 탈 없이 수업을 끝까지 잘 마쳤다. 그런데 퇴근 무렵 심한 고열과 통증으로 쓰러져 이 세상과 안녕할 뻔했다. 의사 선생님이 염려한 그 일이었다. ‘학교 수업이 뭐라고? 도대체 너는 생각이 있는 거냐?’ 속으로 수도 없이 자책을 해봤지만 결국 내 대답은 똑같았다.

'그럼 어떡해. 수업을 대신 해줄 사람도 없는데. 학교 가야지.'

교사가 너무도 되고 싶었던 어린 날에는 학교 앞을 지나갈 때마다 가슴이 콩닥콩닥 뛰었었다. 그래서 아이들과 만나는 꿈, 교사가 되는 멋진 꿈을 꾸며, 결국은 그 천신만고(千辛萬苦)라는 한자 성어의 뜻을 뼈저리게 느끼고 어렵게 교사가 되었다.

그랬던 나였는데, 그렇게 바랐던 교직이었는데 학교 일상은 늘 반반의 모호한 상태였다. 좋았지만 힘들었고, 달콤했지만 또 씁쓸했다. 겉으로는 활력이 넘쳐 보였지만 몸은 점점 쇠약해졌고, 마음은 단단해 보였지만 조금씩 상처받으며 균열이 가기도 했다.

한때 내 소원은 다리라도 부러져서 수업 걱정 안 하고 집에서 맘 편하게 쉬는 것이었다. 그런데 우연하게도 발가락 골절을 당했다. 하지만 내 바람과는 달리 대체할 선생님이 구해지지 않아서 몇 주 동안 아픈 다리를 질질 끌고 학교에 나가야만 했다. 그때 알아버렸다. 교사는 아파도 아프면 안 되는 극한 직업이라는 것을.

"선생님이 병가 내시면 수업은 누가 하나요?"

"괜찮냐?"는 염려의 말은 감히 바라지도 않는다. 관리자의 모진 말을 삼키며 아파도 학교의 일을 걱정하는 선생님들을 가만히 지켜본다. 예전의 나이기도 했지만, 여전히 지금의 우리 모습이기도 했다. 그리고 이러한 비인간적인 일들은 어쩌면 교직 사회에서 암묵적으로 계속 진행 중일지도 모른다.

교사는 늘 그랬다. 자신의 하찮은 질병으로 아이들과 동료에게 피해를 주면 안 되는 삶을 살고 있고, 살아가야 하기에 그 삶이 나보다는 늘 타인을 향해있다. 조퇴 한 번, 연가 한 번을 제대로 쓴 적이 없고, 감기에 걸려도 아플 새도 없이 바로 병원에 가서 꾸역꾸역 주삿바늘을 꽂으며 조치해야 했다. 내 몸은 그야말로 내 것이 아니라 학교를 위해 움직여야 하는 소모품 같다는 생각이 들 때면 여지없이 마음마저 병이

나곤 했다.

메니에르병으로 하늘이 빙빙 돌아 '내가 이렇게 죽는구나' 하면서 화장실 바닥에 쓰러졌을 때도, 독감이 걸려 고열로 일어나지 못했을 때도, 코로나 후유증으로 6개월 동안 토사곽란으로 운전대를 잡고 출근할 때도, 대상포진으로 얼굴이 베여 나가는 듯한 고통으로 힘들었을 때도, 아팠던 모든 순간마다 무의식적으로 튀어나온 외마디 소리는 단 하나였다.

"학교 가야 하는데…."

지금 생각하니 그야말로 바보 멍청이 병신 머저리 같은 대답이었다. 엄마 말대로 지가 죽을 줄도 모르고 전쟁터에 뛰어드는 그런 똥멍충이.

바보 같은데 그럴 수밖에 없는, 사명감 무엇도 아닌 것 같은데 사명감 같은, 대충 뭐 그런 거였다. 그게 교사였다. 그게 나였다. 어쩌면 '교사충' 아니, '교사 덕후' 그 중간 어디쯤.

ADDITION 교육 공감 (1) – 시 한 줄 교육 한 스푼

이 세상 그 어떤 아름다운 꽃들도

다 흔들리면서 피었나니

도종환의 「흔들리며 피는 꽃」[1] 중에서

1) 도종환(2012), 『흔들리며 피는 꽃』, 문학동네

도종환의 「흔들리며 피는 꽃」을 읽으며 '교사의 시간'을 생각합니다.

교사가 되기 전부터
꽃 피우기 위해
흔들렸던 나의 삶은

교사가 된 후에도
바람에 흔들리고 비에 젖으며
오랜 시간
교사로 서기 위해
힘든 시간을 통과하는 중입니다.

아이들뿐만 아니라
교사도
지금 성장통을 겪고 있다는 것을
그래서 많이 아프고
불안하다는 것을 압니다.

우리는
매 순간 흔들리지만
특별한 시간을 지나며
언젠가는
온전하고
아름답게
피어날 것을 믿습니다.

2장

여름, 뜨거웠던 열정의 시간

1. 한 사람이 온다는 건

가정방문이라! 참 오래전 기억 속에 있던 단어였다. 오빠의 담임 선생님이 우리 집에 가정방문을 오셨던 날, 내 예상과는 달리 눈 앞에 펼쳐진 광경. 방 한가운데서 술잔을 기울이며 대작하고 계셨던 아버지와 선생님의 모습이었다. 선생님과도 술을 마시는 아버지가 창피했지만, 한편으로는 그냥 그런 선생님이 좋았다. 우리 집, 우리 부모님을 그대로 봐주시는 그 모습에 선생님이 더없이 따뜻하게 느껴졌다. 막연히 가정방문에 대한 내 기억은 그런 복잡하고 미묘한 감정이 섞여 있었다. 그런데 내가 선생이 되어 이리 가파른 언덕을 오르며 가정방문을 다니게 될 줄이야.

언제까지 올라가야 아이의 집이 나오는 것인지 도무지 그 끝이 보이지 않았다. 과연 이런 곳에 집이 있기는 한 걸까? 거친 숨을 헐떡이며 언덕을 오르고 또 올랐다. 아이는 학교에서 그다지 모범생이 아닌 일명 '날라리'로 보이는 조금은 노는 아이였다. 아니 그때까지는 그렇게 생각했었다. 아이의 집을 찾아 올라가면서 집에서 만날 아이의 모습을 떠올려보았다. 드디어 산 너머 어딘가, 어느 집에서 아이가 불쑥 나와서 나를 맞이했다. 집에서 보는 수수한 아이의 모습이 어색하기만 했다. 아이는 내가 오기 전과 다름없이 세탁기를 돌리고, 분주하게 집 안 청소를 했다. 가만히 지켜보니 한두 번 해본 솜씨는 아닌 듯했다. 평소에 학교에서 보았던 모습과는 달라 그 모습을 유심히 바라보았다. 부모님은 일터에 가셔서 집안에는 아이 혼자였고, 집안 풍경은 소박하지만 깨끗했다. 아마 아이의 손길이 많이 닿은 듯한 모양이었다. 아이는 연신 수줍어하면서 어색한 웃음을 지었다. 우리는 간식을 먹으며 이런저런 이야기를 나눴다. 그리고 집으로 돌아오는 길, 왠지 생각이 많아졌다.

정현종 시인은 「방문객」을 통해 사람이 온다는 건 그의 과거, 현재와 미래가 함께 오는 것이어서 실로 어마어마한 일이라 했다. 또 한없이 여린 그 마음들을 헤아려볼 수 있다면 반드시 그 사람에게 환대가 될 것이라고도 말했다. 아이의 또 다른 세상을 만난 후 그 아이의 저 너머의 세상까지 이해하기 시작한 걸까? 날라리 같았던 아이의 모습이 아무렇지 않게 느껴지기 시작했다. 아니, 그저 순수하고 예쁜 사춘기 소녀로 내 마음에 살포시 내려앉았다.

지금까지 소위 문제아라고 불리는 아이들을 만나게 되면 나는 '재수 없게 왜 이런 아이들만 만나서 이 고생을 해야 하나?' 하면서 원망한 적도 있었다. 아이의 속을 들여다볼 새도 없이 내 처지부터 한탄하기에 바빴다. 그리고 남들처럼 겉모습에 따라 아이들을 판단하는 교사이기도 했다. 어떤 때는 성적에 따라서, 또는 교사의 말에 순종하는 척도에 따라, 수업 태도의 좋고 나쁨에 따라서, 외모의 치장 여부에 따라서 좋은 아이와 그렇지 않은 아이로 구분하기도 했다. 순전히 외형으로 내면까지 판단하는 실수를 해버린 것이다.

그런데 가정방문을 한 후에 나는 조금 달라졌다. 아이가 담고 있는 더 넓은 세상을 만난 후로는 감히 현재의 모습으로만 그들을 판단할 수가 없게 되었다. 그들의 저마다 다른 삶의 이력을 만나며, 아이를 온전하게 이해하게 되었다. 가정방문을 하고 온 후로 나도 아이들도 한층 더 부드러운 눈빛으로 서로를 바라볼 수 있었다. 교육이란 꼭 배우고 가르쳐야만 아는 것이 아니었다. 삶을 통해 느끼고 이해하고 깨달으면서 지혜롭고 따뜻한 사람이 되는 것이었다. 선생인 나도 그렇게….

어릴 때 선생님이 가정방문을 온다고 했을 때, 내세울 게 없는 우리 집이 그저 부끄러웠다. 그런데 아이들의 집을 방문하면서 어린 날 소심했던 내 이야기들을 다시 들여다보게 되었고, 그때의 나를 토닥일 수 있었다. 선생님의 눈엔 우리가 그저 작고 여린 아이였음을 깨달았다. 그리고 그때 선생님이 보여준 따뜻함이 바로 교육이라는 것도 알아차렸다.

한 사람이 온다는 건, 한 아이가 내게 온다는 건 작은 우주가 오는 어마어마한 일이기에 매년 3월에 만나는 아이들을 조금 더 따뜻하게 마주하고 싶다. 그리고 조금 더 섬세한 눈

길과 마음으로 그들을 대하는 선생님이 되자고 다짐해 본다.

투시 능력이 생겼으면 좋겠다고 초능력을 연습한 건 초등학교 때인데 그 능력을 다시 연마해야 할 때가 되었나 보다. 그런 마음을 되새기다 보면 그래도 조금은 어딘가 닿을 능력이 생길지도 모르지 않을까?

2. 그 시절 알았더라면 좋았을 것

"뭐? 다른 사람 요구르트를 몰래 여덟 개나 먹었다고? 이 녀석이 진짜 제정신이 아니구나!"

급식 시간에 다급히 뛰어온 아이들의 말을 듣고 내 흥분 게이지는 하늘을 찔렀고, 마침내 폭발 직전에 이르렀다. 사건의 주인공은 본능에 충실한 자기 모습이 발각되고 나서야 조금, 그것도 아주 조금 미안한 표정을 지었다. 지금 그 녀석을 가르쳤다면 나는 크게 웃음을 터트리며 꿀밤을 가볍게 한 대 날려줬을 것 같은데 그때의 나는 그러지 못했다. 그 녀석은 점심시간 학교 구석 어딘가로 끌려가서 정의에 불타올랐던 내게 엄청나게 꾸지람을 듣고 사랑의 매까지 맞았으니까.

교사가 되어 처음 갔던 불국사 수학여행에서 선생님들은 그야말로 쇼핑 홀릭이었다. 서로 회의라도 한 듯 하나같이 똑같은 물건 앞에 서서 좋은 물건을 고르고 있었다. 일명 '사랑의 매'였다. 그 회초리를 이리저리 살피고, 어느 것이 찰싹찰싹 소리를 내며 아이들을 잘 때려줄 수 있을까를 가늠했다. 가장 신선한 생선을 낚을 기세로 눈을 반짝이는 모습이라니. 지금 생각하니 그때의 교직 문화에 헛웃음이 나오기도 하고, 서글퍼지기도 한다.

교사로 사는 동안 그래도 운 좋게 매로 하는 훈육을 빨리 끝낼 수 있었다. 고등학교로 전근 가면서부터 자연스럽게 매를 들지 않게 되었던 것이다. 마침 학생 인권 조례가 공포되는 시기와 맞물렸기에, 다른 선생들 사이에서도 아이들을 때리지 않는 문화가 정착되었다. 교사 생활을 한 지 8년째 되던 해였다. 그전에 나를 만났던 아이들은 아마도 숙제를 안 해서, 준비물을 안 가져와서, 지각해서 등등 온갖 이유로 손바닥을 밥 먹듯이 맞았을지도 모르겠다. 그렇게 사랑의 매라는 이름으로 체벌하는 것이 당연하게 받아들여지던 시대였다. 그래서 선배든 관리자든 누구도 우리에게 매를 들지 말라고 알려주는 사람은 없었다.

그래도 내가 먼저 알아차려야 했다. 어린 시절 호랑이 담임 선생님께 자주 맞았던 발바닥 매질의 따갑고, 무서운 기분을. 그리고 그런 일은 다시는 대물림 하지 않아야 한다는 사실을 말이다. 학교 다닐 때 안 그래도 소심했던 나는 선생님들이 아이들을 향해 후려치는 출석부 소리에 깜짝깜짝 놀라면서도 그 충격을 입 밖으로 뱉어내지도 못했다. 그리고 학생의 당연한 숙명이라고 생각했다. 아이니까 학생이니까 선생님이 하는 행동이 나빠도 우리는 참아야 한다고 말이다. 그렇게 자라서 신규 교사가 되었을 때 나 역시 아이들에게 비슷한 행동을 하고 있었다니. 잘못된 학습과 열정의 시간이었다.

집에 있는 아이가 잘못해서 꿀밤을 때렸을 적에 아이는 바로 내 머리통을 때렸다. 그때 나는 '이 녀석 어른 머리를 치면 안 되지.'라고 말했다. 그 순간 망치로 머리를 얻어맞은 듯 띵했다. 그때 알게 되었다. 지금까지 어른이라는 이름으로, 선생이라는 지위로 어린아이들을 힘으로 제압하는 일이 당연하다고 생각했다는 것을. 어린아이 중 그 누구도 부모나 교사에게 함부로 대접받을 존재로 태어나지 않았다. 어리고 약

하기 때문에 더 친절하고 다정하게 가르쳐야 한다. 어릴 때 받아온 체벌과 훈육이 여전히 내가 어른으로 성장했음에도 그대로 남아있었다.

좋은 교사가 되겠다고 다짐했었는데, 그때의 나는 좋은 교사라는 허울을 쓰고, 정당하게 부여된 사랑의 매를 휘두르는 사람이었다. 이러한 학습의 결과는 사랑의 매에 허용적인 사회, 학교 환경과 맞물려 대물림하고 있었다. 그때는 열정이 많아서 그랬었다며 친구들과 너스레를 떨어봤지만, 사실 그때는 열정이 많아서 그런 게 아니라 무지해서 그랬던 것이었고, 마음과 사랑의 크기가 딱 그만했기 때문이었다. 나는 가끔 생각한다. 그때 신규 교사였던 우리에게 선배 중에 누구 한 명이라도 '사랑의 매 쓰지 마라. 우리는 그것 없이도 아이들 교육할 수 있다.' 이런 말을 해줬더라면 어땠을까?

우리는 '요즘 애들은 매를 맞지 않아서 저렇게 버르장머리가 없다.'라는 말을 은연중에 많이 하곤 한다. 예나 지금이나 아이들에 대한 시선은 변함없이 비슷하다. 아이들은 매로 훈육해야 말을 잘 듣고 바른 아이로 큰다는 어른들만의 낭설이 암묵적인 약속처럼 뇌에 박혀있다. 매를 맞지 않아서 아이들이 잘 크지 못하는 것이 아니다. 잘못했을 때 부모로서 바르게 교육하지 못했거나 어른으로서 삶의 좋은 모습을 보여주지 못했기 때문이다. 힘으로 훈육하는 아이는 힘이 센 사람에게만 반사적으로 복종한다. 거기에는 반성하는 마음이 없다. 마음으로 복종하고 감동이 있어야 진짜 훈육이다. 시대의 변화에 따라 학생 인권 조례가 생기고 체벌이 금지되면서 학교는 우왕좌왕 갈피를 잃고 헤맸다. 선생들은 체벌하지 못하면 아이들을 제대로 가르칠 수가 없다는 우려를 표명하곤 했다. 이 마음은 교직 사회에 여전히 혼재되어 있다.

『명심보감』, 〈훈자(訓子)〉 편에서는 "아이를 사랑하거든 매를 많이 주고, 아이를 미워하거든 먹을 것을 많이 주라.(憐兒多與棒, 憎兒多與食)"라고 이야기하고 있다. '사랑의 매'는 감정의 매가 아니다. 내 분노를 조절하지 못해 때리는 매는 더더욱 아니며, 사랑하기 때문에 때려야 한다는 애정의 표현도 아니다. 사랑하는 아이일수록 사랑이 넘쳐서 길을 잃지 않도록 저울추를 잘 조절하는 마음이다. 그렇게 훈육하는 것이 부모이고 스승이다. 미워하는 아이에게 역시 따뜻한 배려로 대접해 주는 것이 어른다움인 것처럼 '사랑의 매'에서 '매'보다는 '사랑'의 마음을 먼저 알아차리는 것이 교육이다.

지금까지 많은 아이들을 만나고 가르쳤지만, 여전히 나는 감정조절에 서툰 미생(未生)이다. 그래서 그 정도의 도량으로밖에 다가갈 수 없었던 지난날의 아이들에게 미안함을 고백하고 싶다.

'선생님도 조금씩 성장해 간다. 그때의 모습까지 사랑해 준 나의 제자들아! 미안하고 고맙다. 너희들 덕분에 조금씩 철든 선생님으로 오늘도 나아가는 중이야.'

3. 내가 가장 애정하는 한 가지

누구에게나 살아가면서 애정하는 물건이 있다. 내가 애정하는 것 중의 하나는 꽃이다. 어릴 때부터도 그랬고, 지금까지 그 사랑에는 변함이 없다. 학창 시절에 나는 안개꽃이 참 좋았다. 수수하면서 몽글몽글한 하얀색을 보면 꿈을 꾸는 듯했다. 안개꽃의 매력에 빠져 학교 앞 꽃장수가 올 때마다 한 아름 사서 집에 돌아오곤 했다. 학교에 근무하게 되면서부터는 5월이면 학교 담장을 가득 메운 장미에 마음을 뺏겼다. 따뜻한 봄날 붉게 핀 장미를 보는 것만으로 마치 만화 속 주인공 캔디가 된 것 같이 행복했다. 학교에 안소니 브라운 같은 남자는 없었지만.

그런데 교사로 살다 보니 그보다 더 마음이 가는 꽃이 생겼다. 몽글몽글한 안개꽃도, 붉게 핀 화려한 장미도 예쁘지만, 꽃 중의 꽃은 단연코 아이들이라고 말하고 싶다. 어느 것

하나도 같은 모양이 없고, 같은 향기가 없으며 무엇보다 미래에 피어날 모습을 예측할 수 없기에 더 신비롭다.

여린 외모를 갖추었으나 강한 내면으로 자신을 단련시켜 가는 아이, 자기보다 타인을 먼저 배려하는 아이, 좋아하는 과목에서 멋짐을 뽐내는 아이, 그림으로 자신을 표현하는 아이, 체육 시간마다 달리기로 살아있음을 확인하는 아이, 시를 좋아하는 아이, 글짓기를 잘하는 아이, 공작을 좋아하는 아이, 수줍지만 남들 앞에서 멋지게 노래할 수 있는 아이, 느리지만 꾸준히 노력하며 공부를 놓지 않는 아이, 위트가 넘쳐서 남들을 잘 웃겨주는 아이, 말 한마디도 허투루 하지 않으며 약속을 잘 지키는 아이, 식물을 좋아해서 학교 텃밭을 잘 가꾸는 아이, 새를 좋아하는 아이, 청소에 달인인 아이, 선생님을 향해 수줍게 초콜릿을 건넬 줄 아는 마음 따뜻한 아이, 세상의 모든 것이 궁금하여 질문이 많은 아이, 친절하며 싹싹한 아이, 아픈 친구들 곁에서 힘이 되어주는 아이, 착하고 또 착한 아이.

목련에 비유하자면 그들은 화려하게 피기 위해 한겨울에 웅크린 꽃봉오리 같다. 모양과 색깔에 상관없이 아이들은 지금보다 더 예쁘게 피어날 미래다. 생김새로는 무엇이 더 아름답다고 꼬집어 말할 수는 없으나 결국 그 아이들은 교육의 힘으로 온전히 자기 모습을 피워낼 것이다. 현재가 아름답다고 해서 미래가 덜 아름다운 것도 아니고, 현재에 피우지 못한 꽃봉오리라고 해서 나중에 꽃피우지 못하리라는 법은 없다. 그러고 보니 꽃을 좋아해서였나? 이렇게나 많은 꽃을 매년 아니 평생을 만나고 있는 건가 싶기도 하다.

주돈이(周敦頤)는 「애련설(愛蓮說)」에서 꽃 중에 부귀를 상징하는 모란보다는 군자를 닮은 연꽃을 좋아한다고 고백하였으며, 자신과 같이 연꽃을 좋아하는 자가 세상에 드물다는 부심을 드러내기도 했다. 물론 아직 아이들이 군자의 자태에 비길 바는 아니지만 그 숨겨진 아름다움만은 그에 못지않다. 나 또한 주돈이의 연꽃 사랑에 빗대어 내가 애정하는 것에 대해 표현해 보고자 한다.

"나는 꽃 중의 꽃, 아이들을 특별히 사랑하는데, 이들은 차갑고 딱딱한 교실에서 자라지만 발랄함이 왕성하고, 맑고 깨끗하여 세상의 더러움에 물들지 않으며, 가끔 머릿속은 빈 것 같으나 깊은 속내와 다정한 마음을 가지고 있으며, 날마다 커가는 몸집만큼이나 지혜와 생각이 자라 속이 깊어지며, 사람됨의 향기는 철이 들수록 더욱 맑아지며, 해마다 지혜롭고 튼튼하게 잘 자라고 있어, 멀리서 바라보면 더 흐뭇하니 얕잡아 보아 함부로 다룰 수는 없다.

내가 말하건대, 국화는 은일을 상징하는 꽃이고, 모란은 부귀를 상징하는 꽃이고, 연꽃은 군자를 상징하는 꽃이며, 아이들은 우리의 미래를 상징하는 꽃이다. 아! 국화를 사랑하는 사람에 대해서는 도연명 이후로 들어본 일이 드물고, 연꽃을 사랑하는 사람으로는 주돈이 이후에 들어본 일이 드문데, 아이들을 꽃처럼 사랑하는 이로는 나와 같은 이가 몇이나 될 것인가?"

학교에서 꽃 집사로 살고 있는 지금이 가장 큰 생명의 힘을 많이 느끼는 시간인 듯하다. 그들이 꽃피울 수 있도록 아이들을 귀히 대해주는 일이 나의 역할이다. 그러면 아이들은 그 사랑을 먹고 어떤 색깔, 어떤 향기의 꽃으로든 피워내겠지? 벌써부터 알록달록 이쁜 꽃들의 향연이 기대된다. 나는 오늘도 꽃집에 들러 향기로운 꽃을 사서 교탁에 놓인 화병에 꽂는다. 꽃처럼 예쁜 아이들이 그 향기와 자태를 닮아가길 바라면서. 그리고 나도 아이들을 대하는 그 마음을 잃지 않기 위해서.

아이들이 신기한 듯 꽃을 보며 연신 감탄한다. 자기들이 꽃보다 더 예쁜 줄도 모른 채.

4. 상처투성이에서 꿈꾸는 동지로

"으악, 그만~ 어서 일어나!"

식은땀이 흐른다. 모르는 문제투성이, 여전히 잘 풀리지 않는다. 어쩔 줄 몰라 쩔쩔매다 가슴이 답답해진다. 이건 분명 꿈일 거야. 의식적으로 내 몸을 흔들어 깨운다. 오늘도 역시 수학 문제를 풀다가 잠에서 깼다. 기분이 썩 좋지 않다. 교사가 되고서도 마음이 편치 않을 때마다 나는 수학 문제 푸는 꿈을 꾸었다. 수학 가형, 나형의 시험지, 문제집 가릴 것 없이 책상에 놓인 문제지. 잔뜩 긴장한 얼굴로 문제를 응시하다 발버둥 치기를 반복했다. 수학자가 되고 싶은 사람이라면 모를까, 이건 진짜 최악의 상황이다. 이와 비슷한 학창 시절을 보내왔는데 또다시 그 굴레에 들어가 나오지 못하는 장면이라니. 아마 내게 아직도 해결되지 않은 무언가가 남아 있는 모양이었다.

김현수는 『공부 상처』에서 학생들에게 가장 상처를 입히는 과목으로 수학을 꼽았는데, 가장 많은 아이가 실패를 경험하는 과목이라고도 했다. 나 역시 지금까지 수학 문제 푸는 꿈을 꾸면서 땀을 삐질삐질 흘리고 있는 것을 보면 그 공부 상처의 흔적과 깊이를 알만하다.

학교 다닐 때 나를 가장 주눅 들게 했던 과목 역시 수학이었다. 학창 시절 내내 좌절감과 인내심을 동시에 키워줬던 노답의 과목. 대학에 가면 수학을 안 해도 된다는 말에 솔깃하여 대학가는 목적이 또 하나 생기기도 했었다. 실제로 대학에 입학하고 보니 수학 시간에 배가 아파서 화장실에 가는 일도, 수학 선생님께 늘 고개를 숙일 일도, 바닥에서 헤엄치고 있는 시험 점수를 볼 일도 없어졌다. 수학이 없는 세상이라니 그야말로 신세계, 인생지사 새옹지마, 고진감래였다.

뭐든 다 할 수 있을 것 같은 느낌에 사범대학 재학시절 동안 나는 정말 열심히 전공 공부에 빠졌다. 더 이상 수학이란 과목에서 받는 불합리한 대접도 없었고, 마음 한쪽이 늘 빙

충이었던 그 모습도 적절한 타이밍에 안녕할 수 있었다. 그제야 좀 인간답게 살 수 있게 되었다. 미지의 세계였던 수학적 삶에 영원히 합류하지 못했지만 나는 어쨌든 교사가 되었다. 그러고도 어떻게 교사가 되었냐고 물으면 또 눈물 없이 들을 수 없는 인생 이야기가 나와야 하니 여기서 각설한다.

대입 수능 시험을 치르고, 수학 시험지에 비껴간 정답을 보면서 절망의 구렁텅이에서 빠져나오기 힘들었는데, 그래도 난 운이 좋게도 대학에 합격했다. 그것도 내가 좋아하는 과목이었던, 한문교육과에 입학하게 되었다. 원하는 학교는 아니었지만, 바닥을 쳤던 수학 점수를 생각하면 그것도 황송할 따름이었다.

앞서 말했지만, 대학에 입학하고 나서 정말로 공부할 맛이 났다. 그것도 아주 진하게. 사실 수학이 없는 시간표가 너무 좋았다. 하루 종일, 일주일 내내 수학이 없어서 공부 재미에 푹 빠졌었다. 나같이 수학 공부 재능을 상실한 아이도 대학에 가서 하고 싶은 공부를 맘껏 할 수 있다는 것을 아이들에게 가끔 이야기하곤 한다. 실제로 대학에 가서 더 즐겁게 공부하면서 큰 꿈을 꿀 수 있었다. 나에게 대학교는 교직에 한 발짝 다가갈 수 있는 인생의 전환점이 되었던 공간이었다. 한문 전공에서는 꼭 1등을 하고 싶다고 생각하면서 그렇게 4년 동안 최선을 다해 공부했던 시간이었다. 고등학교 시절 의도하지 않은 수학 패배자였지만, 대학교에서는 삶의 도를 논하는 대인배의 공부를 하며 상처 없는 어른으로 성장해 갈 수 있었다.

우리나라에서 수학을 못 하는 학생으로 살아간다는 것은 먹구름이 잔뜩 낀 날에 우산을 챙겨오지 않아 안절부절못하는 늘 불안한 삶이다. 국 · 영 · 수 과목의 성적을 최고의 능력으로 인정하는 사회이기에 어릴 때부터 수학을 못 하는 학생은 미래가 불투명하다. 다른 것을 잘해도 사람들이 흔히 말하는 소위 '성공'하는 인생에 들어가기 참으로 쉽지 않다는 말이다. 어쨌든 바닥을 치는 수학 점수를 만회하기 위해, 동시에 그 좌절을 이겨내야 하기에 수포자(수학 포기자)의 세상은 늘 힘이 들었었다. 교사가 되어 아이들의 공부 상처를 바라보는 요즘도 여전히 변하지 않는 현실에 답답한 것은 마찬가지다. 밑바닥 시험 성적을 받아 들고 자책을 넘어 자학하고, 실망을 넘어 포기를 배워가는 아이들을 보며 내 지난날의 아픔과 절망은 다시 수면 위로 올라오곤 했다.

공부 상처로 여전히 아픈 아이들에게 다가가 어깨 위에 가만히 손을 올려본다. 다그치지 않고 차가운 눈빛을 보내지 않기로 다짐하면서.

아이들이 성적으로 자신의 미래를 부정하거나 가두기보다는, 자신이 좋아하는 것을 찾아갈 수 있도록 해주고 싶다. 그들의 부서질 것 같은 삶을 단단하게 지켜주는 동지가 되고 싶다. 공부 상처가 치유될 수 있도록 연고 넓게 발라주며 새살이 나도록 토닥토닥해 주면서 말이다.

'상처 위에 단단하게 꽃피울 그대들의 미래를 위해 치얼스(Cheers)!'

5. 수업의 기술보다는 사랑의 기술

아이들의 눈빛이 빛나기 시작한다. 그냥 쓱 봐도 내 수업에 푹 빠져든 것이 분명했다. 이럴 때 느끼는 희열감이란. '역시! 나란 사람 좀 멋진 듯!' 감탄하며 자신감 충만했던 자아도취형 인간이 바로 나란 사람이었다. 거기다 동료 교사들의 칭찬과 아이들의 인기를 먹으며 그 '도끼병'은 점점 심해지고 있었다.

'제 버릇 개 못 준다.'고 나이가 든 지금도 애석하게도 그 병이 싹 나은 것은 아니다. 교사가 된 순간부터 최고의 수업으로 최고의 선생님이 되는 것이 나의 소망이었고 목표였다. 남들의 시선과 인정을 먹으며 일희일비하는 속물이라 손가락질해도 어쩔 수 없다. 교사로 사는 한 포기 할 수 없는 단 한 가지가 바로 수업에 대한 욕심이기 때문이다.

신규 교사 때는 감성팔이 추억담과 현란한 입담으로 아이들을 현혹해 재밌게 해주면서 수업의 기술을 마구 부렸다. 운 좋게도 그런 나의 수업은 많은 인기를 끌었고, 나의 욕망의 크기를 더 크게 만들었다. 그러나 해를 거듭할수록 수업 재료와 기술은 바닥이 났고, 활력 넘치는 수업을 펼칠 때마다 체력은 고갈되기 일쑤였다. 가끔 현타가 오는 날이면 '나는 언제까지 이렇게 살아야 하나? 아니 언제까지 이렇게 열정적으로 수업할 수 있을까?' 하며 깊은 고민에 빠지기도 했다. 어쩌면 나의 젊은 날의 수업은 알곡 없는 열정만 가득한 수업이었을지도 모르겠다. 그래도 가끔 만나는 제자들의 기억 속에 내 수업이 여전히 아름답게 살아있으니 그걸로 됐다. 어설펐지만 수업에도 교육에도 정답은 없다는 것을 실감하며 풋내기 선생님의 모습으로 기쁘게 담아두려 한다.

교사가 되고 수많은 시간이 흘렀음에도 교사들은 여전히 수업에 대해 자신감을 회복하지 못한다. 수업 공개는 더더욱 그런 마음을 반영하기도 한다. 어쩌면 '수업은 특별한 것을 보여주어야 한다.'는 집착에서 비롯된 것이 아닐까. 우리 모두 좋은 수업에 대한 시선이 기술과 현상에 현혹되어 있는 건 아닌지 종종 성찰하여 길을 잃은 나를 구출해야 한다. 더 강력한 무기를 장착하기 위해 유행하는 수업 방법을 연구하는 일도 재미있었지만, 수업의 시선을 바꾸니 조금 더 성숙한 나를 만날 수 있었다. '내가 잘하는 수업'에서 '아이들과 함께하는 즐거운 수업'으로 시선을 돌리니, 한결 자유롭고 함께 웃는 날이 많아졌다.

한참 교육에 대한 열정이 무르익을 때 수업에 대한 다른 시각은 다시 아이들을 바라보게 했고, 교육에 대한 성찰은 다시금 본질을 생각하게 했다. 수업의 기술에 빠져 놓치고 있는 것은 없는지. 수업 잘한다는 명성에 빠져 잊은 것은 없는지. 이런 수업 고민은 교사의 시간이 흘러감에 따라 자연스럽게 나를 영글게 해주었다.

어린아이와 같았던 초짜 교사, 알록달록 무늬에 빠져 그 처음이 무엇이었는지 길 잃은 시간이 있었다. 내 것만이 최고라고 생각하며 우쭐거리고 싶었던 풋내 나는 어린 시절의

나. 이런 시간을 지나니 수업 속에서 아파하고 있는 아이들이 보이기 시작했다.

아름다운 교실, 수업 풍경을 위해 일사불란하게 움직이는 아이들을 원했기에 모든 약속이 잘 지켜지길 바랐다. 그러지 않을 경우, 언제나 기준은 '아이'보다는 '교사'의 입장과 위치였다. 아이들이 매일 같이 약속을 무시하고 행동을 고치지 않는 것은 교사를 무시하는 것으로 생각했기에 화가 치밀어 오를 때가 많았다. 그랬는데, 그랬었는데…. 이제 '어떻게 그럴 수 있지?'에서 '왜 그랬을까?'로 나의 시선이 옮겨가게 되었다.

한유는 「사설(師說)」에서 "스승이란 도(道)를 전하고 학업을 내려 주고 의혹을 풀어주는 존재이며(師者 所以傳道授業解惑也), 도(道)가 있는 곳이 스승이 있는 곳이다.(道之所存 師之所存也)"라고 했다. 대학교 때 이 글을 읽으며 가슴 뜨거웠던 적이 있었다. 우리가 선생 되는 목표는 지식만을 잘 전달하는 사람이 아니라 그것을 뛰어넘는 사람이 되어야 한다고 새기면서 잘 가르치는 교사, 좋은 선생이 되자고 생각했다.

그런데 나는 지금 어느 지점에 서 있는 스승일까? 학업을 전달하면서 의혹을 풀어주는 데에는 근접했고, 그것을 잘 전달하기 위해 수단과 방법을 동원하여 수업의 기술은 향상되어 가고 있었다. 그러나 과연 아이들에게는 어떤 삶을 전하고 있을까? 반문해 본다. 지금 교육은 삶으로 가르치는 선생님이 되라고 말하기보다는 변하는 시대에 발맞추어 빠르게 기술을 익혀 혁신적인 교사가 되라고 한다.

나는 고3 때 한문 선생님의 수업에 홀려 한문 교사가 되었다. 그때 나를 매료시킨 것은 선생님의 맛깔 나는 말솜씨도 있었지만, 삶의 가치를 배우는 따뜻한 수업이 좋았었다. 한 가지씩 수업 기술을 배우고 써먹을 때마다 우월한 교사가 된 줄 착각했던 시절에서 천천히 빠져나와 다시금 본질을 잊지 않는 교사로 살아가려 한다. 그래도 나는 수업 욕심쟁이니까, 수업 기술을 적절히 구사하면서도 아이들에게 사랑의 기술을 더 많이 전하는 교사가 되고 싶다.

6. 쌉가능한 선생님

"선생님, 완전 멘붕이에요."

"뭐라고 뭔 붕?"

"안습이다. 진짜!"

"안구에 습기찬다구요. 슬퍼서."

"애들아, 오늘 숙제는 신습한자 열 번씩 써오는 거예요."

"선생님. 에바에요."

"선생님, 재 완전 관종이에요."

"응, 아니야."

"민서가 우리 반 인싸고, 재는 아싸예요."

"아싸는 아싸라비아?"

"점심 맛있게 먹었어?"

"선생님, 점심 존나 맛있어요."

"오늘 수업 꿀잼!"

"다음 체육 수업은 핵꿀잼!"

"왜 이렇게 늦었어, 지각했네?"

"집이 개 멀어요."

"개 멀다는 건 얼마나 먼 거야?"

"존나보다 먼 거야?"

"오늘 수업 여기서 마칠게요."

"넹, 앙 기모띠."

"선생님, 오늘 완전 존멋!"

"선생님, 완전 쩔어요."

"선생님, 오늘 머리하셨어요? 존예예요."

"야. 너 지금 욕한 거야?"

"너희들은 요새 젤로 좋아하는 음식이 뭐야?"

"요즘은 마라탕이 존맛탱이죠."

"선생님, 민성이가 세젤귀에요."

"응, 아니야."

"어쩔티비."

"응. 저쩔티비."

"오늘은 숙제 없고, 10분 자유시간입니다."

"오. 개꿀."

"선생님, 애들이 자꾸 저한테 잼민이라고 해요."

"맞잖아. 너 잼민이."

"아! 완전 킹받네."

"오늘, 너 얼굴 왜 그래."

"아! 눈갱!"

"응, 니 얼굴."

"니 알빠?"

여긴 어디? 나는 누구? 아마도 그 시작이 '멘붕'이라는 단어를 처음 들었던 2008년 때부터인 것 같다. 언제부턴가 아이들은 외계어를 옹알이처럼 시작하여 어느 순간부터 내게 알아듣지 못하는 단어로 말을 걸어오기 시작했다. 점점 진화해 가는 아이들의 언어에서 갈 길을 잃고 헤매고 있는 나. 점점 어르신이 되어 가는 것인가?

다급해진 나의 최종 목적지는 언제나 컴퓨터 자판이었다. 어린아이들과 소통하기 위한 비밀스러운 타자로 모르는 단어를 검색하고, 뜻을 찾아내어 연신 고개를 끄덕거렸다. '와! 진짜 이런 말이 국어사전에 있다고? 대박!' 세상은 점점 내가 알고 있는 것보다 더 빠르게 새로운 것들을 담아내고 있었다. 그들의 언어는 점점 짧아졌고, 알쏭달쏭했다. 그에 따른 내

반응은 느려졌고, 그저 알 수 없는 웃음이 많아지고 있었다. 그나저나 빠르게 진화하는 어린 생명체들과 난 언제까지 언어소통을 잘할 수 있을까? 그들의 속도가 가히 LTE 급이다.

"그들의 언어는 외계어, 유행의 속도는 빛. 알아듣는 척했으나 순간 멘붕이 왔고, 내 처지는 안습. 교실은 서로를 존중하기보다는 관종이라고 놀리는 잼민이들이 늘어났고, 상대의 얼굴은 비호감, 아니 눈갱의 대상이 되었다. 점점 험악해지는 그들의 언어 상태를 보면 들을 때마다 존나 기분이 나빠졌고, 무례한 언행을 마주할 때면 킹 받는 순간이 오기도 했다. 숙제가 너무 많다고 에바를 외치는 녀석들에게 나도 내 알빠냐고 말하고 싶은 순간이 있었던 건 안 비밀! 그래도 교실 속에서 쫑알대고 열심히 공부하는 아이들의 모습은 세젤귀, 세상 예의 바른 아이들은 내 마음속 존예, 순간의 행복에도 '앙! 기모띠, 개꿀'을 외치는 순수한 아이들을 보며 가끔 현타가 오기도 하지만 그래도 아직 나에게 교실은 행복한 곳이다. 이 교실에서 매일 새로운 외계어를 해석하며, 나는 '어르신' 아닌 조금 센스 있는 교사로 소통해 가려고 오늘도 귀를 쫑긋, 손은 컴퓨터 자판에 대기한 채 안간힘을 쓰고 있다. 이런 노력하는 교사의 모습이라니! 내 모습 완전 쩐다. 존멋!"

수업 준비를 더 열심히 해야 하는데, 이건 뭥미? 외계어 풀이에 골몰하며 그들과의 대화에 쌉가능한 선생님이 되기 위해 오늘도 달린다.

7. 선 넘는 교육을 위해

“영민아! 뭐해? 영어책 보고 있네.”

도서관 수업이 있던 날, 구석에 쪼그리고 앉은 영민이를 발견했다.

“예, 선생님, 저도 영어 잘하고 싶은데 해도 안 될 것 같아서요.”

그제야 왜 그렇게 숨어서 쉬운 영어책을 한참 들여다봤는지 알 것 같았다. 영민이는 어색한 웃음을 짓고는 다시 멈칫하며, 옐로우(Yellow)가 쓰여 있는 영어책을 오랫동안 들여다보았다.

아이들에게 가장 듣기 싫었던 말이 ‘저는 원래 못해요. 원래 그래요.'라는 말이었다. 왜 그런 말을 하는지도 모른 채, 지레짐작으로 자신을 포기한다고 생각했기 때문이었다. 그런데 영민이를 만난 이후로 내 시선에 작은 변화가 생겼다. 아이들이 쉽게 말하는 '저 못 하겠어요, 저 원래 그래요.'라는 말은 자신을 포기하는 말이 아니었다. 어쩌면 그 말은 '선생님 저 좀 도와주세요!'라는 구원 요청의 메시지였을지도 모르겠다.

이 세상에 남보다 못하고 싶은 아이는 없고, 하려던 것을 쉽게 그만두고 싶은 아이도 없다. 그렇게 쳐다보는 어른들의 시선이 있을 뿐이다. 아이들은 잘하고 싶은데 안 되는 것일 뿐이다. 지금 나에게 누군가 필요하다고, 아니면 도와달라는 작은 외침을 저항으로 표현하고 있었는지도 모르겠다. 이리 생각하니 아이들의 구원의 눈빛이 제대로 보이기 시작했다. 더 이상 '저 원래 못해요.'라는 말에도 그전만큼 화가 나지 않았다.

초등학교 때까지 공부를 못했던, 아니 딱히 공부를 해본 적도 없던 나는 중학생이 되면서 우연히 동네 도서관을 다니게 되었다. 그때부터 책상에 앉아 공부라는 것을 해보았고 책을 읽는 시간이 많아졌다. 그저 한 일이라고는 궁둥이를 붙이고 앉아 교과서를 파는 일이었다. 지금 흔히들 말하는 자기주도학습에 매진하게 되었는데, 그 결과 처음으로 모든 시험에서 좋은 성적을 거두며 소위 말하는 우등생 대열에 합류하게 되었다. 그보다 더 있을 수 없는 일은 ABC밖에 모르던 영어 문맹자가 영어 말하기대회 출전자로 뽑혀 인생 역전의 전환점을 맞이하기도 했단 것이다. 그래서 안다. 재능은 노력을 뛰어넘을 수 없다는 것을.

나의 이런 공부 역사는 아이들을 가르치는 데 많은 도움을 주었다. 그렇기에 그들의 숨겨진 저력을 믿는다. 자신만의 시간을 쌓으며 한 발짝씩 옮기라고 말하며 선생의 지지를 얹어주고 싶다.

공부 실패 요인에 여러 환경적인 요인이 있지만 가장 중요한 요인은 자가 동력인 '의지'이다. 하고 싶다는 마음, 포기하지 않는 마음, 그리고 자신을 못 하는 아이로 가두는 마음에서 탈출해 용기를 내보는 마음이 필요하다. 스스로 한계를 긋지 않고 행동한다면 '우공이 산을 옮기는 믿음'처럼 언젠가 큰 산도 옮기는 결과를 얻어낼 것이다. 모든 조건이 완벽하게 갖추어져 있어도 내 마음이 한 걸음도 옮겨지지 않는다면 그것 역시 역부족임을 알기에.

공자는 『논어』, 「옹야」 편에서 중도에 포기하려는 염구에게 "힘이 미치지 못한 자는 중도에서 그만두기 쉬우니, 지금 너는 한계를 긋고 있구나.(子曰, 力不足者 中道而廢 今女畫)"라고 꾸짖었다. 나 역시 그런 아이들에게 스승의 역할을 다해본다.

"얘들아, 너희들의 한계에 선 긋지 말고, 맘껏 선을 넘어라! 포기하지 말고, 한 걸음 한 걸음 내딛다 보면 어느새 너희들이 원하는 자신을 만날 거란다."

이상하게도 내 말이 아이들에게 흡수되어 눈빛이 빛날 때마다 녀석들은 성과를 내주었고, 마음도 한 뼘씩 성장해 갔다. 나는 비록 갈수록 늙어서 힘은 없어지지만, 제자들은 자신의 한계를 뛰어넘어 더 큰 세상으로 도약할 수 있도록, 그들 뒤에서 등짝을 힘껏 밀어주고 싶다. 낭떠러지에서 떨어지지 않을 만큼 아찔하게.

ADDITION 교육 공감 (2) – 시 한 줄 교육 한 스푼

다음에도 버스는 오고
그 다음에 오는 버스가 때로는
더 좋을 수가 있다는 것을!

나태주, 「다시 중학생에게」[2] 중에서

2) 나태주(2019), 『마음이 살짝 기운다』, 알에이치코리아

나태주의 「다시 중학생에게」를 읽으며 '기다림의 교육'을 생각합니다.

한 가지만을 강요하지 않는 교육
채근하지 않는 교육

빨리 크게 하고 싶어 조장(助長)하는 일은
열매를 맺지 않고 뿌리만 뽑히게 할 뿐

자판기에 동전을 넣어
바로 나오는
음료라면 좋겠지만
교육은 씨앗을 뿌리는 일

때론 넘어져서 아파도 보고
때론 비바람 맞아 푹 젖어도 본 후
햇살 가득한 어느 아침에 문득 새싹을 틔우며
아름답게 피어나는 것

그래서 교육은
기다려주는 일
자기 나름의 속도로
자기만의 꽃을 피우도록
햇살 가득한 마음으로
다정하게
멀리서 바라보는 일

3장

가을, 깊어져 가는 시간

1. 커피 한잔의 안녕

"가슴이 따뜻한 사람과 만나고 싶다."

커피 광고를 접한 그때부터였던 것 같다. 커피에 대한 동경이, 그리고 연신 아이스커피가 든 컵을 흔들며 "여름이니까, 아이스커피, 여름엔 맥X 아이스."를 외쳐대던 여배우의 상큼함이 내 여름을 지배해버렸다. 대학생이 된 날 휴게실 자판기 커피에 입문했다. 그 달달함에 빠져 산 지, 어언 수십 년. 그 길고 긴 인생길에 맥X에 진심인 편이었다.

이제 커피는 기호품을 넘어 사치품이 되었지만, 그 시절부터 나를 비롯하여 여전히 교사들의 필수 아이템은 바로 커피믹스다. 그것을 쟁여놓지 않으면 손이 후들후들 떨리고, 머리가 맑지 않다. 하루의 시작은 광고모델처럼 예쁘게 기지개를 켜고 커피를 마시고 싶지만, 현실은 팅팅 부은 얼굴로 커피믹스를 휘휘 젓는 일이었다. 갈색 커피를 마시며, 당 충전을 하고 마치 전쟁터에 나가는 전사들처럼 커피믹스로 무장을 한다. 교무실에 가득한 커피믹스 향기는 교사들의 아침을 깨워주는 각성제 역할을 톡톡히 해주었다.

교사들은 얼마나 많은 커피를 타 먹는 걸까? 나에 견주어 볼 때 하루에 두 잔은 기본이고, 석 잔이 되었을 때쯤에는 밤에 잠이 안 온다, 건강에 안 좋다 하며 브레이크를 거는 흉내를 내보지만, 여전히 그들의 손에 들려진 커피. 아침에 잠이 안 깨서 한 잔, 공강 시간에 여유가 있어서 한 잔, 점심시간에 배불러서 또 한 잔, 아이들 보내고 여유가 생겨서 한 잔. 그놈의 한 잔 한 잔하다 하루가 간다.

나는 특히 여름에 먹는 아이스믹스를 좋아한다. 커피믹스 두 봉지를 뜯어 넣고 텀블러에 얼음 가득 채워 휘휘 저으면 사제 커피도 따라올 수 없을 만큼 추억의 맛을 선사해 준다. 수업을 마치고 한가득 타 먹으면 꿀맛, 학교에서 받은 모든 스트레스가 커피믹스 속으로 진하게 사라진다. 이런 커피 사랑으로 여름이면 먹는 횟수가 늘어나곤 하는데, 그렇게 한여름을 보내고 나면 부실했던 장은 어김없이 트러블을 일으켰다. 그럼에도 정신 못 차리고 조금 나아지면 또 커피에 손을 대곤 했으니 가히 중독된 사랑 수준이었다.

몸에 이상 증세가 왔던 어느 겨울, 과로 탓인지 커피 탓인지는 알 수 없으나 어지럼증에 몸을 일으킬 수 없었다. 일상생활이 불가능할 만큼 증상은 심해졌고, 학교에 출근할 수도 없었다. 그렇게 석 달의 병가가 이어졌다. 가장 먼저 찾아온 이상 증세는 그렇게 백날 천날 마시던 커피를 입에 대는 순간 구역질이 난 것이었다. '아. 뭐지? 이제 커피도 입에 댈 수 없는 건가?' 몸이 아프다는 것보다 커피조차 마실 수 없는 몸이 되었다는 것이 슬펐다. 커피믹스는 아무나 마실 수 있는 것이 아니었다. 커피믹스와 작별할 시간이었다.

그 후로 삼 개월 동안 제대로 걸을 수도 없었고, 그 때문에 커피를 마실 수도 없었다. 그렇게 무너진 몸은 쉽게 회복되지 않았다. 그런데 서서히 몸이 나아질 무렵 가장 먼저 손을

댄 것이 바로 커피믹스였다. 조심스럽게 입에다 가져다 대보았다. 구역질이 나지 않았다. '아~ 괜찮아졌구나. 그래 이 맛이지!' 진짜 커피믹스에 미친 X가 따로 없었다. 그 이후로 작은 목표와 소망도 생겼다. 교사로 사는 한 오랫동안 커피믹스를 마시기 위해 건강한 몸을 만들어야겠다고 말이다.

요즘 선생님들은 교무실에서 예전만큼 커피믹스를 잘 마시지 않는다. 아메리카노 캡슐을 내려 먹거나 사제 커피를 선호한다. 나도 조금씩 겉멋이 들어서 그런 사제 커피를 마실 때 다른 직장인처럼 우리도 좀 멋있다고 생각될 때도 있다.

그러나 나는 여전히 학교에서 여유롭게 즐기는 달달한 커피믹스를 좋아한다. 예쁜 컵에 얼음 가득 넣고 휘저어 마시거나 한겨울 따뜻한 커피를 음미하면 학교에서 일하고 있는 내 삶이 그래도 조금은 괜찮다고 여겨진다. 사실 노년에 비싼 커피를 사 먹지 못할 때를 대비해 나의 입맛을 하향 평준화시키고 있다는 사실도 커피믹스 사랑을 이어가는 이유이기도 하지만.

교사 생활을 시작하면서 함께 했던 커피믹스. 나와 가장 긴 시간을 걷고 있는 오랜 친구. 힘들 때나 기쁠 때나 아플 때나 외로울 때나 함께 하자는 말은 결혼식장에서 들어본 말 같은데, 언제나 내 곁에서 따뜻하게, 달달하게, 때론 속 시원하게 나를 지켜주는 건 커피믹스였다. 특히 신규 시절부터 지금까지 긴 세월을 함께 걸어준 맥X에게 무한 감사를 보내고 싶다.

오늘도 노란 커피믹스 봉지를 흔들며 소란했던 수업을 마치고 온 동료에게 눈 찡긋하며 안녕을 묻는다.

"커피 한잔할래요?"

2. 시로 들여다보는 천 개의 세상

대학생 때부터 시집을 자주 사서 읽었다. 짧은 단어 속에 들어있는 슬프면서 따뜻하고 그러면서도 찡하게 아름다운 세상이 좋았다. 교사가 되어서도 마음이 소란한 날에는 좋은 시를 읽으며 나를 다독거리곤 했다. 특히나 나는 김용택, 나태주 그리고 도종환 시인의 시를 좋아한다. 교사 출신이라는 이분들의 공통점이 은근히 후배 교사로 든든하기도 했고, 나도 그렇게 되고 싶었던 건 나만 아는 비밀이다. 하여튼 시와 관련된 나의 독서 편력은 아마 중학교 때 국어 선생님에게서 비롯된 것이 아닐까 싶다.

시를 읽어주시던 따뜻했던 국어 선생님의 모습은 언제나 나를 다른 세상으로 데려다주었다. 별 볼 일 없는 주변 세상에서 진짜 멋진 어른을 만난 것 같았다. 그리고 시를 읽고 있을 때면 왠지 나도 보잘것없는 중학생에서 문학소녀가 된 듯한 착각에 빠지곤 했다.

그런데 교사가 되어 가르친 시는 감정을 나누는 시가 아니라 정답을 외우게 하는 공부의 한 영역이었다. 지은이의 정서까지 외워서 답을 찍어야 하는 이게 무슨 이상한 공부 방식인지. 이해할 수 없는 암기 영역에 불과했다. 시험을 위해 배우는 시는 감정이 개입할 수 없었고, 우리만의 느낌과 생각을 묻지도 않았다. 오직 점수를 위한 하나의 정답을 찾아내야 하기 때문이다. 더더욱 한시를 유독 어려워하는 아이들은 문법에 질려 이미 시인의 마음을 잃어버리기 일쑤였다. 그래서 가르치는 사람도 배우는 사람도 설상가상이었다. 그런 현실 때문에 항상 수업 고민에 빠졌었다. 그럴 때마다 나는 다시 대학 수업을 생각한다.

교수님과 산에 올라가 한시를 배우고 읊조렸던 순간들이 대학 수업의 명장면으로 남아있다. 봄날에 어느 산자락에서 마셨던 막걸리 한잔과 나지막이 읊조렸던 교수님의 시 한 수. 캬~ 이토록 멋지고 따뜻한 수업 장면이라니! 물론 그때 어떤 시를 배웠는지 정확히 기억나진 않지만, 다정했던 장면은 오래도록 마음에 남아 있다. 교사가 된다면 그 시절 선생님이 우리에게 내주었던 것처럼 나도 특별한 시간을 내 아이들에게 선물하고 싶었다.

그래서 요즘은 지난날의 선생님들을 흉내 내면서 다시 시 속으로 들어가고 있는 중이다. 수업 전에 아이들이 한 명씩 돌아가면서 시를 읽는다. 아이들은 자기 차례가 오면 정성스럽게 찾은 시를 들고, 고운 입술로 시를 읽었다. 말하는 그 입이 참 예쁘다. 그런 예쁜 말과 생각을 달고 사는 아이들이었으면 좋겠다.

시 쓰기 수업에서는 다행히도 어린 시인들의 마음을 온전히 만날 수 있었다. 그저 아이들에게 좋은 수업을 선물해 주고 싶었을 뿐인데 중학생 시인들이 사는 천 개의 세상까지 만날 수 있었으니 생각지 못한 전개였다. 시 한 줄 한 줄에 들어찬 세상이 마음을 울리면 어김없이 울컥했으니 그 순간이 참 귀하게 느껴졌다. 시를 읽는 일과 쓰는 것 모두, 우리를 다정하고 아름답게 만들어주었다.

『논어』, 「양화」 편에서는 "시는 감흥을 일으키고, 사물을 살필 수 있게 하고, 무리와 어울릴 수 있게 하며, 불의를 원망할 수 있게 하고, 가까이는 부모를 섬기고, 멀리는 임금을 섬길 수 있게 하며, 새와 짐승, 풀과 나무의 이름을 많이 알게 한다."라고 말하고 있다. 내가 원했던 시 수업도 이런 것이었다. 단순한 언어유희가 아니라 언어로 지혜를 배우기도 하고, 마음을 표현하기도 하며, 삶의 자세를 배우게 할 수도 있는 무한한 언어의 암시를 느끼는 것이다. 지식으로 머리를 채우는 일도 중요하지만, 마음을 단련하는 일도 그것 못지않게 중요한 일이니까. 시를 배우다 보면 알게 된다. 어떤 삶을 살아가야 하는지도 말이다.

공부를 못 하는 나
무엇도 못 하는 나
잘하는 게 없는 나
그래도 멋있는 나

시 쓰기에 열중한 아이들이 교실을 빠져나간 후, 그들의 시를 가만히 들여다본다. 이런 생각으로 살고 있었구나? 딱한 마음과 기특한 마음이 동시에 가득 들어찬다. 시를 통해 아이들의 세상을 만나다 보면 그들이 지금 어디쯤 와있는지, 어디로 가고 있는지 알게 된다. 그리고 그들의 성장을 따라가며 어느새 나도 아이들의 단단한 삶을 응원하는 선생님이 되어가고 있다. 다행이다. 수업 이상의 삶을 만날 수 있게 되어서. 어느 봄날 동산에서 내가 마주했던 시 수업처럼 아이들의 기억 속에도 수업에서 만난 시 한 구절이, 그리고 우리의 수업이 삶의 한 페이지로 따뜻하게 저장될 수 있기를 바란다.

3. 미래 교육과 후진 교사

"어떤 아이들로 키우고 싶으세요?"

"예. 저는 AI처럼 똑똑하고 미래 사회에 필요한 기술을 익혀 잘 적응하는 그런 아이들로 키우고 싶습니다."

이렇게 대답하는 선생님이 몇이나 있을까? 아이들이 되고 싶은 건, 미래에 필요한 건 이런 인간상일까? 갑자기 그놈의 미래가 어떤 것인지 무척 궁금해졌다. '빠르게 적응하셔야 도태되지 않습니다. 미래에는 아무도 상상할 수 없는 세상이 옵니다.' 무언의 압박과 채찍질에 아주 궁둥짝에 피멍이 들 지경이다. 나는 아무래도 그런 부류의 교사는 아닌가 싶다.

한동안 수업의 쓸모를 위해 AI 융합 기술을 익히며, 사실 그것이 무엇인지도 잘 모르겠지만, 하여튼 잘 돌아가지도 않는 머리와 손을 움직여 부지런히 따라가 보았다. 그러다 쉬운 건 따라 하고 도저히 내 것이 안 되겠다 싶은 것은 과감히 버리기를 여러 번. 그렇게 버려진 것이 벌써 휴지통을 가득 채우고도 남았지만, 여전히 총총대며 마음만 분주하다. 교육의 윗선은 미래 교육으로 이런 것이 가장 최고의 교육이 될 것이라며 정권이 바뀔 때마다 새로운 것을 내려준다. 매스컴으로 떠들어 대고, 공문으로 하달한 뒤 연수로 훈육하며 이제는 달려야 한다고 말한다.

챗GPT[3]가 미래를 이끌 만한 대단한 산물인 건 맞았으나, 아이들에게도 그랬을까? 아이들은 챗GPT의 힘을 빌려 책을 읽지 않으면서 독후감을 써냈다. 화가는 자신의 손 대신 인공지능의 손을 빌려 그림을 그렸다. 교사들은 앞다투어 선봉에 서서 인공지능과 연결하여 수업을 보여주는 실험, 쇼를 펼치기도 했다. 나만 혼란스러운 건가? 아무리 생각해도 이런 인간답지 않은 미래가 우리가 원하는 미래인지 온전히 수긍하기는 어렵다.

---

3) 미국에서 개발한 인공지능 기반의 채팅 봇 시스템.

세상이 변함에 따라 교육의 관점도 변하고, 기술도 날로 늘어간다. 교육정책이 바뀔 때마다 교사들은 그 틀에 자신을 구겨 넣느라 안간힘을 쓴다. 그러다 뒤처지기라도 하면 마음의 골병이 들고, 결국 자신은 이제 늙은 교사라 더는 못하겠다고 자책한다. 그리고 그나마 이어져 있던 교사의 끈을 놓아버린다. 교육 정책수립자들이 교육에서 원하는 것은 무엇일까? 자신들은 이미 다 성장했으니, 세상에서 중요한 가치가 무엇인지 알 텐데…. 학교에서 배웠으면 하는 가치가 무엇이라는 것쯤은 알고 있을 텐데 저마다 미래 교육은 AI, 디지털 교육이라며 입을 맞춘 것처럼 이야기하는 것을 보면 그 속내가 궁금하기도 하다.

연일 AI 미래 교육을 부르짖으며 매스컴을 통해 보도를 쏟아내는 걸 보니, 막대한 예산이 투입될 모양이다. 뉴스 한 장면에 초등학교 1학년 아이들이 태블릿 pc를 손에 들고 음악 수업을 하고 있었다. 그것이 미래 교육에 한 발짝 다가가는 것처럼 치켜세우며 보도가 되는 것에 착잡했다. 내 자식이 1학년이라면 음악 시간에 태블릿 pc를 손에 들고 기계와 수업하고 있는 것보다는 차라리 선생님과 아이들과 함께 입을 모아 노래 부르는 모습을 보고 싶다. 지금 행해지는 교육이 우리의 손과 눈, 영혼을 태블릿에 팔아넘기는 느낌을 지울 수가 없다. 사람만이 할 수 있는, 사람이니까 느끼고 가치를 배울 수 있는 그런 수업을 하라고 말해주면 좋겠다. 배우지 않아도 빠르게 흡입하는 디지털 시대에 교육은 위태롭게 기계의 뒤꽁무니에 매달려 본질을 내어주었다.

영화 〈라자르 선생님〉을 보기 전까지는 앞서가는 교육이란, 혁신 교육이고 미래 교육이며, 옛것을 답습하지 않고 새로운 것을 창조해 나가는 신교육이라고 생각했다. 그런데 라자르 선생님이 혁신학교에 와서 제일 처음 한 일은 일렬식 자리 배치와 학문에 몰두할 수 있게 하는 수업이었다. 우리가 흔히 말하는 혁신교육과는 한참 멀어져 있는 수업의 시작이었지만 선생님은 나름의 방식으로 아이들을 지식 탐구의 깊은 세계로 인도한다. 그리고 그들의 성장을 돕고 진심으로 사랑하며 자신도 성장해 가려고 노력한다.

이 영화를 보는 순간, 혁신 교육에 대한 내 생각은 와장창 여지없이 깨졌다. 『논어』, 「위정」 편에서는 "옛것을 익히고 새로운 것을 알면 능히 남의 스승이 될 수 있다.(溫故而知新 可以爲師矣)"라고 했다. 교육은 그래야 한다. 본질을 지키면서 미래를 향해 나아갈 수 있어야 한다.

모든 교사가 아이들의 미래를 생각하며 저마다의 방식으로 접근하고 있다. 하나의 방식과 하나의 길만이 답이라고 말하는 것은 위험한 발상이다. 미래 교육 또한 AI 교육이 전부는 아닐 것이라 믿는다. 다양한 교사의 모습과 교육방식을 존중할 줄 알아야 다가오는 미래에 다양한 아이들을 길러낼 수 있지 않을까.

어떤 아이들로 키우고 싶은지를 생각하면, 어떤 교사로 나아갈 것인지에 대한 답이 나온다. 미래를 살아갈 아이들을 잘 키우기 위한 나의 교육적 무기는 무엇인가? 저마다의 교육철학을 가지고 자신만의 방식으로 부단히 노력하고 정진하면 될 일이다. 그게 무엇이든.

다가오는 미래를 살아갈 아이들은 지금보다 더 따뜻하고 건강했으면 좋겠다. 어릴 적부터 디지털에 빠져 사는 아이들을 지속해서 그 세계로만 밀어 넣는 교육이 미래 교육이 아니었으면 한다. 이전부터 아이들의 외롭고 아픈 모습을 보고 있음에도 채찍질을 가하는 사람들은 이미 교육자의 마음에서 멀어져 있다.

부모의 자세, 어른의 자리, 스승의 역할을 생각하고 싶다. 나는 조금 시대에 뒤떨어져도 아이들과 따뜻한 손을 맞잡고 싶다. 눈 맞춤하고 서로 이야기하는 시간이 많은 수업을 만들고 싶다. 기계와 이야기하는 것은 고립을 만들고, 결국 사람을 편리하게 하기 위한 것이지, 사람을 만드는 것은 아니다. 언제까지 내 소신을 지키며 교육할 수 있을지 모르지만 나도 라자르 선생님처럼 다시 예전의 방식으로 돌아가 고전의 문장을 함께 읽고 삶의 가치를 이야기하는 구식 선생님이 되어보려 한다. 교육의 기본을 잃지 않고 나아가 다가오는 미래에는 어떤 가치 있는 삶을 살 것인가에 대해 아이들과 함께 논하는 조금은 '후진' 선생이고 싶다.

4. 시절인연이 무르익어 갈 때

처음 보는 전화번호. 설레기보다는 불길한 예감이 들었다. 오래전 가르쳤던 제자 Y였다. 헤어지고 어떤 소식도 없었기에 쿵쿵쿵! 심장이 마구 뛰었다. 무슨 일이 있는 건가 싶다가도 설마 별일이야 있겠어? 있어봤자 결혼한다고 하겠지? 그런데 이상하게도 불안한 기분은 가시지 않았다.

우리는 그렇게 갑작스럽게 15년 만에 상봉했다. 그런데 함께 나온 사람은 같은 반 남학생이었던 J였다. 아이들은 중학생 꼬맹이의 모습 그대로였다. 세월이 비껴간 듯 멀리서도 금방 알아볼 수 있었다.

그런데 이 녀석들, 우리 동네까지 와서 밥도 사주고, 선생님은 하나도 안 변했다면서 치켜세우기도 하면서 선물까지 안겨주었다.

"선생님! 저희 결혼해요."

"둘이 그때부터 지금까지? 와우. 축하한다."

"그런데 선생님. 저희들 결혼식에 '주례' 서주실 수 있나요?"

불길한 예감은 적중했다. 순식간에 충격에 휩싸인 나는 방어해야 할 말을 빠르게 골라 내뱉어야 했다. 주례라니 안 될 말이다. 이 나이에 결혼식장에서 어르신들이 한가운데 서서 하는 그 '주례'라는 것을 젊은 나한테 해달라는 말인가? 맙소사!

"얘들아! 내 나이가 몇인데 주례를 서냐? 나 아직 40대야. 너희들하고 별 차이도 안 난다고!"

"선생님, 꼭 부탁드립니다. 선생님 특유의 위트와 유머까지 넣어서 해주시면 정말 좋을 것 같아요."

한마디 한마디가 이미 모든 대본을 짜 온 모양이었다. 나는 빠르게 받아쳐야 이 상황에서 벗어날 수 있음을 직감했다.

"너희들이 결혼을 처음 해봐서 모르나 본데, 요즘은 주례 안 하고 양가 부모님이나 친구들이 간단한 축사로 대신한단다. 그게 요즘 트렌드야."

"아니요. 저희는 부모님 말고, 선생님이 해주셨으면 좋겠어요. 꼭 부탁드려요. 선생님!"

한사코 거절하며 돌려차기, 날아 차기, 이단옆차기로 강력한 킥을 날려도 이 녀석들, 귀를 틀어막았는지 방어 자세가 아주 훌륭했다.

집에 와서 이리 뒤척 저리 뒤척, 안절부절. 곰곰이 생각한 끝에 나는 일생일대 최대의 무대에 도전해 보기로 했다. 그 대신 내가 하는 것은 분명히 '주례'가 아니라 '축사'라고 못 박으면서 말이다. 마지못해 허락한 축사였지만, 글 쓰는 동안 지난날 아이들과 교실에서 보낸 추억이 새록새록 떠올랐다. 모처럼 다시 옛날로 돌아간 듯도 했고, 이상하게 부모가 된 듯한 느낌마저 들어 마음이 울렁거렸다.

"너희 두 꼬맹이가 이렇게 15년의 세월을 훌쩍 넘어 성인이 되고 인생의 짝꿍이 된다고 생각하니 웃음이 나오기도 하고, 얼마나 영화 같은 일이던지….

선생님도 다시 태어나면 너희 둘 같은 그런 사랑을 해보고 싶구나! 그래도 나중에 한 사람하고만 연애한 걸 후회할 수도 있겠지만 지금은 이렇게 오랜 시간 동안 함께 해온 너희들의 인내와 끈기에 박수를 보내고 싶다.

학교 다닐 때 우리 J는 공부는 끈기 있게 안 한 것 같은데 너의 반려자 Y를 자기 사람으로 만드는 데 이렇게 큰 공을 들이고 시간을 쌓아온 걸 보니 내공이 대단한 녀석인 것 같고, 여자 보는 눈도 갖추고 있구나.

앞으로 너의 이러한 근성과 안목이 너희들의 인생을 풍요롭고 아름답게 만들어줄 거라 생각한다. 그리고 선생님들끼리 우리 Y는 야무져서 모두 며느릿감으로 점찍었는데, 누가 데려갈까 했더니만 정답은 J였구나.

마지막으로 Y야!

이제 선생님은 15년 전부터 선생님 남자였던 꼬맹이 J를 믿음직한 너에게 보낸다. 잘 부탁해."

축사를 읽어 내려가는 소리가 결혼식장을 가득 메웠다. 객석에서 가끔 큭큭큭 웃음소리가 들리기도 했다. 아이들 모두 지난날의 기억을 떠올린 것이겠지. 어쩌면 축사하는 내내 우리들은 그 시절 함께 했던 아련한 과거와 행복한 현재를 오가며, 아름다울 미래가 교차하는 순간 속에 있었을지도 모르겠다. 축사 속에 우리의 모든 삶이 스치듯 빠르게 지나갔다.

제자들이 다 커서 이렇게 결혼도 하고 오랜 세월을 지나 다시 스승과 제자로 만났다는 것 자체가 참으로 기적적인 일처럼 생각되는 날이었다. 시절인연(時節因緣)이라더니. 모든 인연은 때가 있어, 때가 되면 언젠가 만나고 헤어짐을 반복하는 것이 인생이었다. 그때는 몰랐다. 이렇게 엄청난 순간이 내게 올 줄은…. 15년 전 어린 꼬맹이들이 우리 반 아이들로 내게 온 것은 우연을 가장한 운명이었을까? 어쩌면 내가 이 자리에서 그들의 결혼식 축사를 하는 것도 정해진 인연이었을까? 알쏭달쏭 운명의 한가운데서 인연의 강력한 힘을 느끼는 날이었다.

그리고 아이들을 만나고 헤어지는 일이 그저 한해마다 이루어지는 반복적인 일상일 뿐이었는데 인연은 돌고 돌아 인생의 웅장한 의미를 깨닫게 해주었다. 그들에게 나는 그저 한때 스쳐 가는 선생이기만 했을 거라고 생각했는데 어쩌면 부모와 교사 사이 그 어딘가 다른 의미였다고 생각하니, 가슴이 뭉클해졌다. 매해 만나는 아이들과의 시절인연에 감사하고 언젠가 그 시간이 또 무르익어 그들과 내가 또다시 만날 아름다운 시절을 꿈꿔본다.

5. 교사의 특별한 시선

"세상에 백락(伯樂)이 있은 후에야 천리마(千里馬)가 있게 된다. 천리마는 항상 있는 것이지만 백락은 늘 있는 것은 아니다. 그래서 비록 명마가 있다고 할지라도, 다만 노예의 손에 의해서 모욕을 당하고, 마구간에서 보통 말들과 나란히 죽게 되어 천리마로 불리지 못한다."

世有伯樂, 然後有千里馬. 千里馬常有, 而伯樂不常有. 故雖有名馬, 只辱於奴隸人之手, 駢死於槽櫪之間, 不以千里稱也.

-한유의 「잡설(雜說)」 中에서-

대학 시절 전공 수업 때 「잡설(雜說)」을 읽으면서 뛰어난 문장에 무릎을 '탁' 쳤었다. 천리마에 대한 동경은 누구에게나 있지만, 그를 알아보는 백락에 대한 시선까지는 미치지 못했었는데, 역시~ 하며 한유의 문장력과 남다른 시선에 감탄했었다. 요새 이 문장을 다시 읽으며 한동안 잊고 있었던 그 시절의 깨달음이 새록새록 떠오르기도 했고, 마음의 변화가 느껴지기도 했다.

교사가 되기 전에는 시험에 계속 떨어지는 날 보며 능력이 있는 날 알아봐 주지 않는 세상을 탓했다. 교사가 된 순간부터 40대 초반까지는 더 잘 달리는 천리마가 되고 싶었다. 남들이 다 나를 우러러보는 걸 원한 건 아니지만 수업에서 내 능력이 돋보이길 원했고, 업무 잘한다고 칭찬받길 바랐던 속얕은 교사였다. 그랬기 때문에 어쩌면 더 성장했을지 모르겠지만, 교사로 지내는 시간이 깊어져 가는 지금은 천리마가 아닌 백락이 되고 싶어졌다.

초등학교 때 음악 선생님은 나와 내 친구 미영이가 노래를 잘한다며 이 반 저 반 데리고 다니면서 노래를 부르게 했다. 그 이후로 진짜 그런 줄 알고 고등학교 때까지 줄곧 앞에서 가수처럼 노래를 불러댔다. 6학년 때인가? 나는 담임 선생님의 눈썰미에 글쓰기 새싹으로 간택되었다. 그때부터 모든 글

쓰기 대회에서 수상을 하게 되었다. 늘 의기소침했던 소녀는 선생님의 칭찬과 인정을 먹고 튼튼하고 씩씩한 어린이로 자랄 수 있었다.

교사가 되어서도 나는 선생님의 시선을 기억하며 아이들을 교육하려고 애쓴다. 이와 반대로 아이들의 가능성을 보지 못하고 아이들의 무능만 탓하는 순간, 교사는 백락이 아니라 그냥 말을 기르는 자일 뿐이다. 그런 의미에서 나를 알아봐 주신 선생님들이야말로 나에게는 백락이었다. 아이들의 능력과 재능을 알아차리고 그들을 천리마로 길러주는 특별한 시선을 가진 선생님의 모습, 그 자체였다. 이런 선생님이 있었기에 천리마 정도는 아니지만 백 리는 너끈히 달릴 수 있는 자신감을 가질 수 있었다. 교사의 시선은 이처럼 아이들을 향해 섬세하게 열려있어야 한다.

그런데 요즘은 아이들의 재능을 키워주는 것 못지않게 관심이 생긴 일이 하나 더 있다. 내 앞가림도 못 하는 게 사실이지만, 이제 좀 철이 든 것일까? 자꾸 옆자리 선생님께 마음이 쏠린다.

젊은 날 나의 관심사는 아이들과 오직 수업이었다. 동료 교사와 하는 일은 수다 떨거나 술 한 잔 기울이며 회포를 푸는 일이 전부였다. 그런 내가 동료 선생님들에 관해 관심을 두기 시작한 것은 부장의 자리에 앉고부터였다. 새로운 직을 달고 나니 아이들을 가르칠 때와는 또 다른 시선이 생기게 되었다. 뭘 할지 몰라 갈팡질팡하는 선생님, 힘든 학교생활을 그만두고 싶은 선생님, 열심히 배우고 가르치면서 누구보다 성장하고 싶은 선생님, 무엇보다 외로운 이 길에서 위로와 지지가 필요한 선생님들의 삶을 들여다볼 수 있었다. 그때부터였을까? 나는 불끈 끓어오르는 사명감을 느끼며 그들이 교직을 잘 걸어갈 수 있도록 함께 하는 멋진 선배 교사로 걷고 싶어졌다.

교사로 임용된 선생님들 모두, 그중에 후배들은 특히나 미친 경쟁률을 뚫고 교직에 들어선 똑똑한 사람들이다. 그럼에도 우리는 수시로 흔들리고 때론 길을 잃고 만다. 교사로서 자존감이 바닥을 치면서 하루에도 열두 번 퇴직을 생각하기도 하고, 아무도 없는 화장실에서 혼자 울기도 했던 날들. 아무도 모르지만, 누구나 아는 사실, 교직은 외로운 직업이다. 교사는 교실 안에 고립된 채 각자 마음의 방에서 하루하루 자신만의 시간을 견뎌내는 사람들이다. 학생들 치다꺼리에 자신은 돌보지 못한 채, 무관심 속에서 고립되고, 소통이 없는 가운데 독백만 늘어나고 있다. 교사는 어쩌면 빛이 아닌 그림자처럼 살아가다가 천천히 쇠약해지고 있는지도 모르겠다. 교사의 시간이 깊어지면서 발코니에 서서 우리의 모습을 바라보니 그야말로 안쓰럽고 측은할 때가 많다. 교사로 걷고 있는 모든 이의 삶에 응원이 필요한 시점이다.

몇 해 전부터 선생님들과 교육에 관해 이야기하며, 설레는 기분을 오랜만에 맛보게 되었다. 그제야 내가 제법 교사답다는 생각마저 들었다. 그보다 더 감동이었던 것은 함께하는 시간을 통해 서로에게서 위안받고 교사로 나아갈 힘을 얻은 것이다. 같이 하는 힘은 가치가 있었고, 속이 깊어져서 저절로 단단한 교사로 성장할 수 있게 해주었다. 더 이상 외롭지 않다고 느낄 만큼 '동료'라는 사람을 선물로 받았다.

어쩌면 선생님들과 책 읽는 기회를 빌미 삼아 마시는 사제 커피의 달콤함이 주는 행복이 더 컸을지도 모르겠다. 하여튼 그 달콤함의 보답으로 내가 그들을 위해 할 수 있는 일은 어릴 적 나의 '음악 선생님'이 되어보는 것이었다. 역량과 재능이 많은 선생님, 교사로 자질이 충분하고도 넘치는 선생님들의 좋은 에너지를 행복한 학교를 만들기 위한 동력으로 끌어오고 싶었다.

여러 해 동안 부장 자리에서 어린 천리마를 키워내면서 알게 되었다. 선생님들의 역량이 학교 곳곳에서 빛날 때 아이들 교육은 더욱 빛나고, 교사도 학교도 행복해질 수 있다고 말이다. 그러기 위해서는 리더 교사의 시선이 학교 곳곳에 섬세하고 다정하게 작동되어야 한다. 그리고 이렇게 아이들을 위해 교육을 말하는 선생님들이 학교에 오래오래 계셨으면 좋겠다고, 아니 계속 행복한 교사로 계셨으면 좋겠다는 꿈을 꿔본다. 어릴 적 빨간 보자기를 매고 흉내 냈던 독수리

오 형제가 되어 지구는 아니지만 동료들과 함께 학교를 지키고 싶은 마음이 간절하다. 지금 관리자와 선배 교사들이 해야 할 일은 위로뿐이 아니다. 교사들의 효능감을 높여주고, 자존감을 세워주어 그들이 교육을 말할 수 있게 하는 일이다. 그러기 위해서는 단지 교사를 학교 업무를 위한 소모품으로 여기는 것이 아니라 그들의 성장을 위해 조언하고 앞으로 갈 수 있도록 마중물 역할을 해줄 수 있어야 하지 않을까. 나도 이제는 천리마로 뽐내기보다는 백락의 자리에 서서 선생님들의 멘토가 되어 볼 작정이다.

"너나 잘하세요!"라고 할지 모르지만, 이제 나는 안다. 지금은 나를 넘어 타인을 위해 공을 칠 순간이라는 것을.

6. 다시 올라탄 버스

"같이 가자! 빨리 타."

대학교 수업이 끝나고 나오는 길, 선배의 다급한 외침에 우리는 영문도 모른 채 버스에 올랐다. 버스는 한참을 달리고 달려 전라도 광주에 도착했다. 우리가 탄 버스는 서서히 조선대학교로 들어가고 있었다. 도대체 무엇 때문에 여기 온 것일까? 우리는 서로의 얼굴을 바라보며, 불안에 휩싸였다. 어렴풋이 큰 시위가 있으리라는 추측만 할 뿐이었다.

후문에 의하면 다음 날에는 전국에서 대학생들이 이곳 광주로 다 모인다고 했다. 한국대학총학생회연합, 즉 한총련 출범식을 앞둔 전야였다. 앗! 뭐냐고? 함께 온 동기들은 동공에 불안을 여과 없이 뿜어내며 어찌할 바를 몰라 발만 동동 굴렀다. 우리는 끌려온 교실에서 아무 생각 없이 선배들의 지시에 따라 움직였다. 민족이니 투쟁이니 이런 말은 우리에게 어떤 영감도 일으키지 못했다. 그저 마음속에는 정확하지 않은 정보와 불안한 생각만 가득할 뿐이었다.

그렇게 뭔가가 크게 터지리라는 것을 감지한 그 날 밤, 아무 생각 없었던 우리들은 선배들이 자는 틈을 타서 새벽 도주를 감행했다. 그 후로 학교에서도 선배를 피해 다니며 조금은 비굴한 삶을 살았다. 선배도 의식 없는 우리 같은 것들이 어이가 없었는지 아무 말도 하지 않았다. 난 그렇게 뭔가 투쟁해야 한다는 의식이 있는 대학생이 아니었다. 그저 대학 생활이 행복하기만 했던 새내기였고, 학비와 용돈 걱정에 고민이 많았던 가난한 대학교 1학년생이었을 뿐이었다.

우리 학번은 그랬다. 선배들이 투쟁했던 시대가 지나가고 평화로운 세상을 덤으로 얻었다. 그렇기에 고마움도 지켜내야 할 것도 잘 알지 못했다. 원래 그런 세상이었던 듯 그렇게 살았다. 자신이 원하는 것에 대해 그렇게 투쟁해 본 적도 그렇게 해야 할 의무도 느끼지 못하고 살아왔기에 선배들이 우리에게 전해주려 했던 것들은 대답 없는 메아리였다.

신입생이 되어서 불렀던 꽃다지의 〈바위처럼〉 노래에서는 어떤 시련에도 흔들리지 않기 위해, 그리고 해방 세상을 위해 바위처럼 살아가자고 했다. 이제 대학에 와서 행복하게 지내려고 했더니만 갑자기 바위처럼 살아가라니, 나 원 참 '해방 세상'이라니, 뭘 어떻게 해방해야 하는 건지 이해가 되지 않았다. 그 뜻도 모른 채 선배들의 선창과 율동에 따라 하라는 대로 열심히 따라 불렀는데 그렇게 외운 노래는 그저 자동 반사처럼 튀어나오는 반복 학습의 결과이기도 했다. 한마디로 세상 생각 없는 철부지였다.

교사가 되고서도 그 의식 수준은 별반 달라지지 않았다. 학교에서 하라는 대로, 관리자의 말에 순종하며 살았다. 그래서였을까? 운 좋게 그리고 평화롭게 교직 사회에서 별 탈 없이 잘 살아온 것은 그 때문일지도. 아이들은 거칠어도 교사의 말에 순종했고, 학부모도 선생님을 대접하며 민원을 제기하는 일도 거의 없었다. 동료와의 사이에서도 크게 언성을 높이는 일도 없었으며, 관리자가 이상해도 말만 잘 들으면 그저 조용하게 살 수 있는 삶이었다.

어릴 적부터 그래왔던 것처럼 지시와 권위에 복종하면서 하라는 대로 살았다. 모범생들이 그러하듯 그렇게 말이다. 고등학교에 재직할 때였다. 전교조 강성 선생님들이 큰 목소리로 교장 선생님께 당당하게 자기 목소리를 낼 때, 처음으로 오금이 저리며 심장이 두근두근하기도 했다. 그때까지 내가 얼마나 순탄하게 복종의 세월을 살아왔는지 새삼 깨닫게 되었다.

2014년 4월 16일, 세월호 참사로 교사들은 예고 없이 아이들과 동료를 잃었다. 아이들이 바닷물 속으로 가라앉는 것을 보고도 수업에 들어가라는 지시에 따라 수업해야만 했다. 수업을 다 하고 나왔을 때 아이들은 없었다. 참사의 모든 이야기를 접한 후에야 우리가 대물림하고 있는 생각 없는 순종의 자세에 대해 깊이 성찰하게 되었다.

그렇게 큰일이 일어났음에도 학교 현장에서는 애도와 함께 우려의 목소리를 내며 선생님들을 단속했다. 하늘의 별이 된 아이들을 위해 할 수 있는 일은 없었다. 그저 오늘도 내일도 수업하는 것뿐이었다. 남아있는 아이들이 많이 힘들지 않도록 배려하는 일, 떠난 아이들을 매년 추모하는 일이 전부였다. 되도록 생각하지 않는 일, 그러면서도 잊지 않는 일. 운전을 하며 문득문득 생각나도 크게 울지 못했다. 한없이 무너지게 될까 봐. 그렇게 가끔씩 흐르는 눈물이 아무 생각 없이 살아온 시간을 끝내야 할 때가 오고 있음을 알리고 있었다.

2023년 여름, 우리는 다시 동료들을 잃었다. 나는 다시 〈바위처럼〉 가사를 천천히 음미하고, 들어보았다. 그래, 힘든 세상에도 깨어있는 사람이 되자고 말하고 있었어. 모진 비바람이 몰아친대도, 어떤 유혹에도 흔들림 없는 그런 철학을 가진 사람으로 꿋꿋하게 바른길을 걸어가라고. 시련 속에도 굴하지 않고 자신을 깨우쳐 가며 마침내 올 행복한 세상을 함께 만들자고, 그렇게 행동하는 교사가 되라고 말하고 있었다. 내가 깨우칠 때까지 그렇게 오래전부터 지금까지 나에게 노래하고 있었다.

스무 살의 철없던 새내기가 어른이 되었고, 철든 교사가 되어 결의에 찬 표정으로 다시 버스에 올라탄다. 어린 나이에 하늘의 별이 된 아이들과 또 가엽게 떠나버린 어린 동료 교사들을 위해서 이제는 용감해지겠다고 다짐하면서. 해방 세상이 올 때까지 같이 노래 부르겠다고 말이다. 그렇게 나는 또 교사가 되어가고 있다.

7. 학교 종이 땡땡땡

"학교하면 뭐가 떠올라?"

"감옥."

얼마 전, TV에서 폐교가 된 학교를 멋진 미술관으로 꾸민 것을 보았다. 그 공간을 접하는 순간, 아이들이 말했던 '감옥'이란 말도 같이 떠올랐다. 예술가들이 꾸며놓은 창의적이고 아름다운 공간이 내 눈길을 한눈에 사로잡았다. 이런 공간에서 공부한다면 아이들은 어떤 꿈을 꾸게 될까? 반짝이는 눈빛으로 학교 곳곳을 누비는 아이들을 상상해 보았다. 슬픈 일이 있어도, 고민이 있어도 학교에 오면 모든 근심이 사라지고 위로받을 듯했다. 아! 생각만 해도 기분이 좋아졌다.

그런데 왜 학교가 없어지고 나서야 이런 아름다운 공간으로 재탄생할 수 있는 것일까? 아이들이 학교에 다닐 때 이렇게 예술적이고 창의적인 공간을 어른들이 선물해 줄 수 있었다면 얼마나 좋았을까? 학교는 딱 그 정도만 되어도 괜찮다고 생각해서일까?

어린 시절, 다소 소심했던 내게 학교는 늘 주눅이 드는 공간이었다. 네모진 공간에서 느끼는 외로움과 압박은 발랄한 어린아이의 모습이 아닌 언제나 조심스러움을 몸에 달고 사는 아이로 만들었다. 어린 날 학교에 다닐 때부터 교사가 된 지금까지 수십 년이 흘렀음에도 교실을 비롯한 학교 환경은 변한 것이 없다. 교실과 복도는 여전히 딱딱하고 차가운 느낌으로 사람을 위축되게 만든다. 겨울이 되면 한기가 더해져서 교사인 나도 출근하자마자 집에 가고 싶을 정도다. 그래서 교사들끼리는 겨울의 학교를 일명 '동토의 왕국'이라 부른다.

종이 치면 복도로 밀려 나오는 아이들, 쉬는 시간에도 딱히 갈 곳은 없다. 길게 늘어선 복도는 통로일 뿐 휴식 공간이 없다. 따뜻한 차 한 잔 사 마실 수 있는 자판기도 허용하지 않는다. 그저 10분의 휴식 시간을 차가운 벽에 기댄 채 가엽게 보낼 뿐이다. 학교는 학생뿐 아니라 누구에게든 휴게공간에 대해 야박하다. 교사든, 학부모든, 학생이든 모두 같은 상황이다. 하지만 같은 교실에서 7교시까지 버텨야 할 아이들이 가장 불쌍해 보이는 건 내 생각만은 아닐 것이다.

수업이 끝나고 우르르 쏟아져 나오는 아이들. 하지만 결국 갈 데가 없어 운동장 한구석을 빙빙 도는 모습이 마치 영화의 한 장면에 등장하는 죄수들 같기도 하다.

내가 학교를 따뜻한 곳으로 기억하는 건 고등학교 시절이었다. 따뜻하고 개성 넘치는 선생님과 꽤나 멋진 학교 공간이 많았기 때문이다. 특히 아이들과 왁스 칠을 해가며 열심히 닦았던 원목 바닥이 좋았다. 나무가 주는 재질이 왠지 따뜻하고 보호받는 느낌이었다.

그 밖에도 추억할 장소가 많았다. 야외 수업을 자주 했던 물레방아가 있는 연못, 우유 팩을 말리며 자유롭게 드나들었던 옥상, 언제든 자연과 벗하며 놀 수 있었던 학교 뒷산, 석

고상이 가득했던 미술실, 응원가를 연습했던 으리으리한 대강당, 야간 자습하며 별을 보고 노래했던 스탠드, 대학교와 공유했던 학교 식당, 쉬는 시간 학교 곳곳을 달렸던 자유로움이 좋았다. 그 구원의 공간들이 우리를 멋진 고교생으로 자라게 해주었다. 나는 학교에 흐르는 특별한 시간뿐 아니라 공간의 힘을 믿는다. 다양하고 따뜻한 공간에서 자라는 아이들은 더욱 특별한 사람이 될 수 있다.

나는 가끔 졸업하고서도 서울 아현동 골목을 지나 고등학교에 가곤 했다. 등교했던 길을 따라가면 좋아했던 장소가 하나둘 나온다. 유행가가 흘러나왔던 레코드 가게, 누런색 책 냄새가 좋았던 헌책방, 사고 싶은 물건 가득했던 문방구, 떡볶이가 맛있었던 분식점. 그래도 가장 애정하는 곳은 역시 학교다. 추억이 많은 학교 교정 곳곳에 과거로 돌아가 따뜻한 시선을 멈추곤 한다. 그 공간들을 다시 눈에 담다 보면 어느새 또 살아갈 힘을 얻곤 했다.

학교란 그런 곳이어야 하지 않을까? 따뜻함이 깃든 장소,

나만의 쉴 공간, 상상의 장소, 그렇게 추억할 수 있는 장소였으면 한다. 아이들이 성인이 되어서도 행복한 걸음을 옮길 수 있는 나만의 '아현동'이 하나쯤은 있었으면 좋겠다.

작은 집에 살았던 우리 가족이 아파트로 이사하면서 부모님이 제일 먼저 꾸며준 것은 나만의 아지트였다. 화려하지 않아도 내 책상과 공간이 생긴 것이 좋았다. 부모 된 마음으로 돌아본다면 학교는 바꾸고 고쳐야 하는 것들이 참으로 많다. 늘 가르치는 데 바쁜 교사였다. 그러다 보니 아이들 마음이 머무르는 곳에 대해서는 무관심했었다. 원래 그렇게 만들어진 곳이라 거기에 적응해서 사는 것이 당연하다고 생각했다. 그리고 어느 누구도 바꾸자고 말하지 않기에 나조차 그렇게 말하지 못했다. 좋은 것만 주고 싶은 것이 부모 마음이라면, 교사는 이제 부모의 마음으로 학교를 바라볼 수 있어야 한다. 그렇기에 학교의 모든 공간은 다정해야 한다.

아이들이 하교한 후, 오랜만에 그들을 위해 만든 피아노 공간에 머물렀다. 텅 빈 복도에서 서툴게 건반을 두드려 보았다.

“솔솔 라라 솔솔 미, 솔솔 미미 레, 솔솔 라라 솔솔 미, 솔미 레미 도.”

행복한 ‘학교 종’이 누구에게나 어디서나 울려 퍼질 수 있도록 서툴지만, 계속해서 건반을 연주해 보려고 한다. 다정한 학교 공간에서 꿈꾸는 아이들을 상상하며.

ADDITION 교육 공감 (3) – 시 한 줄 교육 한 스푼

스스로 사랑이 되어

한없이 봄길을 걸어가는 사람이 있다.

– 정호승, 「봄길」[4] 중에서 –

4) 정호승(2021), 『내가 사랑하는 사람』, 비채

정호승의 「봄길」을 읽으며 '리더 교사의 길'에 대해 생각합니다.

멋모르고 뛰어든 길
그저 아이들이 좋아서
가르치는 것이 좋아서
선생이란 것이 좋아서
시작한 삶

여전히 미생이지만
이제 또 다른 발걸음을
옮깁니다.

즐거운 학교
희망의 교육
그리고
행복한 교사를 위해

한 번쯤은
빗자루 들고
눈길을 쓱쓱 쓸며
길을 내는 사람으로
스스로 사랑 가득한 사람이 되어
교사의 길을 내는 사람으로
걷고 싶습니다.

4장

다시 봄, 언제나 꽃피는 시간

1. 꼰대 김 부장이 되지 않으려면

번쩍번쩍한 메르세데스 벤츠가 학교 주차장으로 들어온다. 뭐야. 신규 선생님 차였어? 대박이구먼. 신규 주제에 교장 선생님보다 더 큰 차를 몰고 다니다니…. '얘들아, 라떼는 말이다.' 마음의 소리가 목구멍까지 나왔다.

송희구의 『서울 자가에 대기업 다니는 김 부장 이야기』를 읽으며 나는 발견했다. 또 한 명의 김 부장이 여기 있음을. 김 부장은 상사보다 좋은 차를 타고 다니거나 좋은 가방, 시계를 차고 다니는 것을 하극상이라 생각하는 그야말로 꼰대였는데 그를 보고 공감을 하며 웃었던 건 바로 내가 그 김 부장이었기 때문이었다.

라떼는 말이다. 특히 어린 교사는 학교에서 그 행동이 조심스러워야 했다. 민망한 패션, 눈에 띄는 행동, 정해진 규

칙에 벗어나는 것 등 그 모든 것이 저격의 대상이었다. 그야말로 이 모든 금기를 어기고 과감한 행동으로 출근했을 때는 곧바로 교장실 행이거나 하루 종일 관리자의 눈총을 받아야 했다.

그렇게 개인 취향의 자유마저 학교의 기준에 저당 잡힌 채 복종과 순종을 당연한 세트 메뉴로 알고 살아왔다. 그럼, 교사들은 '아니 세상에 그런 법이 어디 있냐고' 할 법도 한데 그 다음 날이면 어김없이 지시는 아름답게 지켜졌다. 교사들의 복종은 아줌마 패션과 칙칙한 교무실 풍경을 만들어내는 데 일조했고, 그런 학교 문화는 저항하지 않는 수동적인 교사들을 양성하고 있었다.

이뿐이랴? 관리자가 교무실 정중앙에 앉아서 자기보다 먼저 퇴근하는 교사들에게 눈총을 주는 것, 교사들이 조퇴하면 꼬치꼬치 그 사유를 캐묻고 자신의 권리를 행사하려 드는 것, 어린 교사들이 선배 교사보다 수업을 덜 가져가거나 쉬운 업무를 하려고 하면 요즘 어린 것들은 버르장머리가 없다고 뒷담화하는 것, 출퇴근 5분 전에도 날을 세워 철저하게 감시하는 것, 나이 든 교사가 되면 부원들에게 일을 모두 떠넘기면서 지위만 가지려고 하는 것, 방학식 날이면 교직원 의사는 묻지 않고 전원출석 '묻지 마 워크숍'을 떠나는 일 등등. 이 모든 것이 교직 사회에 지금까지 전해 내려오고 있는 꼰대 문화의 전형들이었다.

우리는 어쩌면 그 불문율을 깨뜨리지 않고 당연한 듯 살아왔다. 그리고 그런 문화 속에서 점점 비슷한 꼰대, 김 부장이 되어가고 있는지도 모른다. 그런데 요새는 어째 시끌시끌 반란이 자주 일어난다. 겁 없는 아니, 용감한 후배들이 많아지기 시작하면서 교무실이 재밌어진 이유이다.

"선생님! 결재가 다 나지도 않았는데 조퇴하면 어떻게 합니까?"
"왜요? 어차피 날 건데요?"

교무실이 시끄러웠다. 교무실 한편에서 들리는 대화 소리에 뒤통수가 먼저 반응한다. 우리의 용감한 신규 선생님이 또박또박 말대꾸하신다. 지켜보고 있던 꼰대의 중간쯤 와있는 70년대 출생 교사들, 일제히 귀를 쫑긋. 그리고 고개를 숙였다가 다시 들기를 여러 번. '오! 용감한데. 역시~ 요즘 애들은 다르구나' 하면서 그와 동시에 마음의 소리가 스멀스멀 튀어나왔다.

"라떼는 말이야~"

나는 그야말로 꼰대 교사와 MZ세대 교사 사이에서 위태롭게 대롱대롱 매달려 있었다.

신규 시절 아침이면 당연하게 교감 선생님과 선배님들께 커피를 타드리던 시절이 있었는데 이제는 자연스럽게 후배 교사에게 커피를 권한다. 후배라서 당연히 선배들의 많은 수업시수를 대신하며 예우했는데, 나이 드니 젊은 선생님들은 그놈의 평등을 내세운다. 오랫동안 담임교사를 해 와서 이제 좀 쉴만하니 나이에 상관없이 똑같이 대우받는 게 당연하다고 날을 세운다. 맞는 말이지만 살짝 또 슬퍼지는 이 현실. 자기 것 잘 챙기는 젊은 선생님들 앞에서 '그래. 네 똥 굵다!'고 외치고 싶지만, 겉으로는 씩 웃으며 사람 좋은 티를 내본다. 너그러운 교사인 척하면서. 암만 생각해도 이제 꼰대를 욕하면서 '꼰대 교사'가 되어가는 그 나이가 되었나 보다.

어쩔 수 없이 꼰대 과도기에 있는 나는 여전히 그 관습에서 벗어나지 못한 채 내 기준에 과한 옷차림이나 무례한 언행을 보면 눈살을 찌푸리게 된다. 깊은 의식 개조가 필요한 순간을 마주할 때마다 아니나 다를까. 관리자들은 '이런 행동들이 교사다운 게 맞는 것이냐?'며 되묻는다. 교사다운 게 뭔지는 명확히는 잘 모르겠지만 왜 내 속내와 관리자의 마음이 일치하는 것인지 기분이 별로 좋지는 않다. 나도 어쩔 수 없는 그 나이가 되는 건가 싶었다.

학교는 가장 늦게 변하는 곳이라지만 교직 사회도 점점 어린 후배들이 들어오면서 그 변화가 시작되고 있다. 그 사이에서 나 또한 십 대의 어린아이들과는 점점 소통이 안 되어

가고, 어린 선생님들의 행동에도 갸우뚱 고갯짓이 많아지고 있다. 그렇다고 관리자들의 행동이 십분 이해되는 것도 아니니, 중간에 끼여서 이리 치이고 저리 치이면서 비틀대는 세대가 되어 버렸다.

그래도 꼰대가 되어 "라떼는 말이야~" 하는 선배는 되기 싫다. 남은 시간 동안 잘 적응하려면 얼른 생존법을 익혀야 한다. 내 나름의 굳은 신념과 철학은 있지만 그것을 완전히 드러내지 않으면서도 세상 물정 모르는 김 부장이 되지 않기 위해 오늘도 주문을 외워야겠다.

'그럴 수 있어! 암 그럴 수 있지!'

2. 신검합일의 경지에 오를 때까지

"선배님!

오늘이 선배님을 학교에서 볼 수 있는 마지막 날입니다.

함께 오래 있을 줄 알았는데 준비되지 않은 이별이라 아직도 실감이 나지 않습니다.

처음 선배님과 만났을 때부터 항상 곁에서 따뜻한 시선으로 바라봐주시고 무슨 일을 하든 잘한다고 칭찬해 주시며 기꺼이 저의 1호 팬이 되어주셔서 힘들 때도 선배님 덕분에 힘이 났습니다.

나이 어린 부장인데도 항상 존대해 주실 때는 그 모습을 배워야겠다고 생각했고, 나이와 상관없이 새로운 것을 배우려고 노력하시는 모습을 볼 때는 후배로서 닮아가고 싶었고,

학교에 모든 궂은일도 마다하지 않고 봉사해 주시는 모습을 볼 때는 한없이 존경스러웠습니다.

함께 교정을 거닐며 책에 관한 이야기를 나누는 것도 좋았고, 가르치는 아이들 이야기도 하면서 고민을 털어놓았던 것도 좋았고, 인생 선배로서 육아에 대해 조언해 주시는 것도 좋았고, 따뜻한 햇살 받으며 그냥 산책했었던 그 시간이 좋았습니다.

저는 이렇게 선배님과 함께 한 모든 날이 좋았습니다.

이제 학교에서 선배님과 이런저런 소소한 이야기를 함께 나눌 수 없다고 생각하니 벌써 마음이 허전합니다.

선배님이 앉아계셨던 자리와 특히나 좋아하셨던 예쁜 꽃들을 볼 때마다 짝꿍의 빈자리가 더욱 그리워지겠지요.

선배님을 떠나보내며 지금까지 한시도 마음 편히 쉴 수 없었던 고단했던 교직 생활이었지만 그 속에서도 즐겁고 행복했던 날들을 더 많이 추억하실 수 있기를 바랍니다.

그리고 그 기억 속에 선배님을 사랑했던 학생들과 동료들이 있었다는 것을 잊지 말아 주세요.

친구가 된다는 것!

나이와 상관없이 그렇게 마음을 나눌 수 있는 사람이 된다는 것이라는 생각이 듭니다.

선배님이 저에게 그런 친구였습니다.

지금보다 행복해지시길! 선배님의 새로운 출발을 응원하겠습니다."

퇴직하는 선생님들을 떠나보내는 일은 언제나 힘이 든다. 그 끝에는 늘 눈물 바람이니 미래의 내 일인 것처럼 감정이입이 되어서일까? 아니면 지나온 그 삶에 한없이 애틋한 마음이 보태져서일까? 요새는 요란하게 퇴임식을 하지 않는 분위기여서 그런지 조금 단출한 분위기가 되었기에 후배로서 더 마음이 쓰였다. 나는 가끔 떡 줄 사람 생각도 안 하는데 저 나이가 되면 퇴임식 때 어떻게 해야 할지 종종 생각해보곤 한다. 괜히 쓸데없는 고민에 혼자 방황 중인 상태. 복잡한 심경으로 선배님을 떠나보내는 나의 송사가 끝나고 답사가 이어졌다.

"저는 교사로서 신검(身劍)이 되지 못했지만, 선생님들은 꼭 그렇게 되시리라 믿어요."

무협지를 좋아했던 선배님이 남긴 마지막 말씀이었다. 신검합일(身劍合一)의 경지, 무협지에서 흔히 쓰는, 사람의 몸이 칼이 되고, 칼이 사람이 되는 무술의 최고 경지이다. 그러기 위해서는 수없이 검을 쓰고, 수련하여 내 몸과 칼이 한 몸이 되어야 한다.

교사에게 신검합일은 어떤 경지일지 한참을 생각해 보았다. 교사에게 검이란 사랑, 신념, 철학, 사명일까? 그럼 신검합일의 경지는 무엇일까? 교육자로서의 교사, 뼛속까지 교사, 나의 삶이 교육이 되는 삶, 그런 것일까? 생각을 거듭할수록 생각 속에 갇혀버렸다. 그래도 그날만은 교사로서 자세와 가치를 잊지 않는 사람이 되겠다고 다짐한 날이었다. 선배님이 못 이룬 그것, 내가 꼭 그 경지에 이르는 사람이 되겠다고 말이다.

평생을 학교에 몸담고, 아이들을 만나면서 지내왔던 선배님의 삼십여 년의 시간은 어떤 의미로 남겨질 수 있을까? 교사가 된 그 날부터 어쩌면 행복과 고민의 시간이 함께 짝지어 다녔을지도 모르겠다. 어떤 날은 수업이 안 되어서 좌절하기도 했을 테고, 말썽꾸러기 아이 때문에 우울증에 시달리기도 했을 테고, 학부모 민원 때문에 잠 못 이룬 날도 많았을 교직 생활이었을 것이다.

제자들 키우느라 정작 자신의 자녀 학교 행사에는 제대로 가지 못했어도 그냥 그런 줄 알고 지내온 담담한 삶이었을 것이다. 반 아이의 손가락에 반창고를 붙여주면서도 내 아이를 토닥거려줄 시간은 내지 못했을 미안했던 삶이었을 것이다.

나 역시 같은 길을 따라 걷고 있으니 그 모든 복잡한 심경이 몸으로 전해오는 시간이었다. 그래도 교사들끼리 모이면 늘 하는 말, 학교 일 중에 '아이들과 있을 때가 가장 행복하다.'라는 말이 우리를 여전히 교사로 걷게 하는 힘이었을지도 모른다. 그래서 우리가 교사로 묵묵히 이 길을 계속 걷고 있는 것일 수도.

오늘 교사로 걷고 있는 이 길이 때론 고되어 주저앉고 싶을 때도 많겠지만 선배님처럼 교직 생활을 마감할 즈음엔 신검합일의 경지에 올라 환한 미소를 짓고 싶다. 교사 덕후에서 성덕이 되는 그날을 위해 오늘도 내일도 교사로서의 검술은 계속될 것이다.

3. 내 뜻대로 즐기며 산다

"요새 젊은 사람 연봉이 1억 안 넘는 사람도 있나?"

은행에서 나오다가 우연히 마주친 할머니들의 대화가 내 발목을 잡았다. '저요! 할머니. 바로 제가 그 사람입니다.' 하면서 속으로 부끄럽게 손을 들었다. 교직 이십여 년이 넘어도 나의 월급봉투는 연봉 1억에는 한참 모자란 액수였다. 그렇다고 지금까지 월급을 많이 받아 본 기억도 얼마 없다. 그나마 명절 상여금으로 조금 더 받았을 때 동료들끼리 우스갯소리로 "맨날 이 월급이면 더 잘 가르칠 수 있을 텐데…." 하며 발칙한 속마음을 내비치곤 했다. 거의 십여 년이 넘는 세월 동안 세금을 제외하고 이백만 원대의 월급을 받았는데 그것 역시 받는 즉시 사이버머니로 통장을 스쳐 갔다. 참 오랫동안 검소한 월급으로 선비처럼 살아왔다 싶다. 나는 이미 오래전에 알았다. 신규 교사들의 월급이 최저 임금 시급으로 계산했을 때 비등하거나 한참 모자란다는 사실을 말이다.

임용고시에 합격한 그해 3월, 난생처음 교사로 월급이라는 것을 받았다. 열심히 공부하고 어렵게 시험 보고 들어갔더니만 첫 월급으로 받은 돈이 고작 137만 원이었다. 너무 충격적이어서 다시 보고 또 보았던 숫자였다. 그래도 그때는 학교에 소속되어 교사로 받았던 첫 종이 월급 명세서가 얼마나 기뻤던지.

요새 젊은 선생님들뿐만 아니라 새내기 공무원들은 5년 안에 퇴직하거나 이탈을 생각한다고 한다. 뉴스에 보니 공무원과 교사 탈출 순위는 '지능' 순이라는 충격적인 기사까지 떴다. 이런 젠장! 나란 인간은 오직 이 길만을 생각해 온 지능 나쁜 인간이었다.

지금 신규로 들어오는 교사들은 월급에서 느끼는 박탈감뿐 아니라 민원에 시달리기까지 하니 상황이 더욱 심각하다. 여러 가지 복합적인 인적 스트레스 환경에, 완벽을 요구하는 인격 수양, 그리고 수업 능력과 업무 능력까지 겸비해야 한다. 그야말로 쓰리디(3D) 직종에 견주어도 이상할 게 없다. 그리고 신규 교사 때와 비교해도 지금의 내 월급도 별 변화가 없으니, 솔직히 월급만 보더라도 그들을 더 잡아둘 이유는 없다. 선배로서 소명을 가지고 일하면 좋은 날이 올 거라고 희망적인 이야기를 건네고 싶지만, 그 말도 책임질 수 없다. 그러니 좀 더 가능성이 있는 젊은 나이에 훨훨 날아서 좋은 곳으로 가라고 말하고 싶은 두 마음. 그럼에도 불구하고 휘청거리면서도 지금껏 '열정 페이'로 달리고 있는 내가 조금 대견하기도 하다.

교직 이십여 년 차, 여전히 연봉 1억은 턱도 없다. 선생을 하면서 큰돈을 벌어서 부모님 호강시켜 드리겠다는 생각도 그저 어릴 적 꿈으로 남았다. 충분한 돈으로 아이들 교육하고 싶다는 생각도 비껴간 지 오래다. 그래도 따박따박 나오는 월급은 학교 아이들을 흔들림 없이 잘 가르칠 수 있게 해주었다. 월급 받아서 반 아이들 간식도 사주고, 칭찬 도장 가득 모은 아이들 선물도 사줄 수 있는 여유가 있으니, 그것도 가끔은 행복하다.

살면서 그리 많은 돈이 필요하지 않다고 생각해서 교사로도 잘살고 있는 것일까? 부자가 되고 싶은 생각이 없어서 교사가 된 것일까? 아니면 소박한 월급에도 교사로서 흔들림 없는 사명감을 가져서 이렇게 가늘고 길게 살고 있는 것일까?

직업을 고를 때 지금 아이들처럼 연봉이 높은 직업을 찾았던 게 아니었다. 이다음에 커서 돈을 많이 버는 직업을 갖고 싶다는 생각보다는 그저 '교사'가 되고 싶었다. 아마 이렇게 야박한 월급봉투의 실체를 알았더라도 나는 변함없이 교사가 되었을 것이다. 늘 꿈과 목표가 '돈'에 꽂힌 아이들에게 나는 가끔 인생 선배로 이야기한다. 살아보니 돈보다 더 중요한 것이 세상에는 있다고. 그래서 비록 원하는 만큼 부를 축적하지 못하더라도, 그 이상의 것을 얻었다면 그 삶이 불행한 것은 아니라고 말이다. 교직 생활도 '돈이 아니라 사람에 정성을 쏟는 일'이니 비록 가진 건 없어도 그 가치로 살아가는 것이다.

貧士生涯本隘窮(빈사생애본애궁)

가난한 선비가 살림살이는 궁색할지라도

卜居惟喜任天工(복거유희임천공)

조물주에 다 맡기고 살아가니 기쁘다네

林花不費栽培力(임화불비재배력)

숲과 꽃을 힘들여서 재배할 일도 없고

潭瀑元無築鑿功(담폭원무축착공)

못을 파고 폭포 만드는 공사는 벌리지도 않는다

魚鳥自來爲伴侶(어조자래위반려)

물고기와 새는 스스로 찾아와 벗이 되어주고

溪山環擁護窓櫳(계산환옹호창롱)

시내와 산은 집을 에워싸고 창문을 지켜주네

箇中眞樂書千卷(개중진락서천권)

그 속의 참 즐거움은 천 권의 책에 있나니

隨手抽看萬慮空(수수추간만려공)

손길 가는 대로 뽑아 보면 온갖 잡념 사라진다

안정복(安鼎福)은 〈제낙지론후(題樂志論後)〉에서 가난하여 궁색할지라도 소박한 삶이 주는 즐거움과, 천 권의 책을 가까이할 수 있는 삶이 주는 소소한 행복을 노래했다. 가난한 처지지만 자신에게 주어진 삶의 환경을 탓하기보다는 그 안에서 행복을 즐기며 삶의 의미를 찾았다.

삶의 갈림길에서 어떤 길을 택하느냐는 자신에게 달려있다. 행과 불행도 자신이 정한 척도에 달려있을 뿐이다. 그리고 선택한 삶에서 즐거움을 찾아가는 것도 결국은 자신의 몫이다. 예전에도 지금도 비슷한 월급봉투를 받으며, 여전히 쪼그라드는 나지만, 교직이 주는 소소한 행복에 감사하며, 그 길 가운데 내 뜻을 즐기며 살고자 한다.

교직을 처음 시작할 때부터 지금까지 함께 해준 좋은 벗이 있음을 감사하며 적은 월급에도 동료에게 차 한 잔 사줄 수 있는 여유가 있음에 또 감사하고, 가끔 상여금이 들어오는 날이면 오랜만에 친한 벗들과 맛있는 음식을 먹으며 학교 이야기에 시간 가는 줄 모르고 수다 떨 수 있음에 감사하고, 늘 배워야 하는 자리이기에 언제나 책과 함께할 수 있으니 더

더욱 좋은 삶이다. 교사로 걸어온 날들보다 걸어갈 날이 이젠 더 많지 않다. 그래도 조금 더 바라자면 학교 문을 나서는 날, 나의 교직 생활을 행복하게 해주었던 동료들과 함께 어느 멋진 곳에서 우리들만의 특별했던 시간을 회상하면서 자유롭게 노닐다 돌아오고 싶다.

4. 이토록 소박한 방학

"어디 간다고?"

"나, 말레이시아로 떠난다."

"갑자기? 그것도 한 달이라고?"

짧은 대화로 친구들에게 내 행방을 알리고, 무작정 떠났던 휴가. 인생 최고의 시간을 달릴 준비를 하고 비행기에 올랐다. 비행을 위해 멀미약을 투약했음에도 경유하는 순간 약 기운이 떨어져 멀미 증세가 발동했다. 얼굴이 하얘지면서 속이 니글거리기 시작했고, 괜찮았던 장도 말썽을 일으키며 위아래로 나를 압박했다. 아무튼 그렇게 긴 시간을 날아 말레이시아에 도착했다. 기적이었다. 그것도 세 가지의 고질병을 극복하고 외국에서 한 달이라니.

나는 한마디로 학교와 집을 오가기 딱 좋을 만큼의 체력을 가진 학교 맞춤형 인간이다. 차멀미는 심해서 수학여행이며, 소풍 등 모든 체험학습에 아이들보다 내가 더 걱정인 사람이었다. 비행기, 지하철, 놀이기구 할 것 없이 움직이는 모든 것에 심각하게 몸이 반응하고 오직 내 차에서만 멀쩡한 진짜 '멀미충'이다. 위장은 완전 예민하여, 반드시 화장실이 근거리에 있어야 편안한 여행이 가능한 과민성 대장 질환자이다. 내가 생각해도 진짜 구제 불능이다.

두 번째 난관은 돈이었다. 사실 나는 자산가를 꿈꾸지만 노 머니(no money), 무일푼 수준의 잔고를 가지고 있다. 그러나 가겠다고 마음먹으니 교직원공제회 적금 털고, 연구대회 수상 상금을 모아둔 통장을 헐어서 예산을 마련했다. 비행기 표는 할부, 뭐 이런 식으로 깔끔하게 대금을 지급했다.

세 번째 난관은 영어, 고등학교 졸업 이후로 영어를 써본 적 없으며, 영어 회화는 외국인만 보면 한없이 작아지는 영어 자신감 제로인 수준이다.

그런데 한 달이나 해외여행을 간다고? 이런 저질의 몸과 돈도 없는 주제에 또 영어도 안 되는 쓰리 콤보, 최악의 수준으로? 지나가던 강아지가 놀랄 일이었다. 하지만 몸과 마음이 지칠 대로 지쳐있었던 그때, 나는 이미 신들린 듯 예약 사이트에서 키보드를 마구 누르며 결제하고 있었다. 용감함이 부른 전투는 이미 시작되었다. 교사로 산 지 이십 년이 되던 해였다. 학교와 집만을 반복하며 살던 내 인생에서 그래도 한 번쯤은 대범하게 방학을 보내야 한다고 결심했다.

그렇게 도착한 세상은 하늘과 바다와 따뜻한 공기만 존재하는 세상같이 평온했다. 나를 감싼 모든 것이 지금까지 고단했던 교직 삶을 부드럽게 위로해 주는 듯했다. 드디어 새로운 나라에서 신세계 방학이 시작되었다.

교사의 방학은 연찬의 시간이기도 해야 하고, 다음 학기를 위한 쉼의 시간이기도 해야 한다. 그런데도 만신창이가 된 몸과 정신을 극복하려면 '쉼'에 더 큰 무게를 두어야 함이 맞다. 대니얼 드레이크는 "여행은 모든 세대를 통틀어 가장 잘 알려진 예방약이자 치료제이며 동시에 회복제이다."라고 말했다. 그전까지 들어보지도 못했던 그 사람의 말에 무한 공감하며 이번 방학의 의미를 부여했다. 하지만 내가 선택한 여행에서도 온전한 쉼은 쉽지 않았음을 고백한다.

다른 엄마들은 아이들을 학교에 보내고 나면 골프와 요가를 배우고, 쇼핑몰에 다니며 육아 퇴근 시간을 즐겼다. 모두 일상을 벗어나 그렇게 휴가를 보내려고 왔으니 당연한 일이다. 그러나 나의 휴가는 조금은 조심스러웠고 달랐다. '교사는 방학이 있어서 좋겠어? 이렇게 여행하고도 월급 받고.' 대번에 나오는 비아냥거림과 질투 어린 사회적 시선이 나를 늘 조심스러운 인간으로 만들었기 때문이다. 그렇다고 내가 교사인 줄은 누가 알겠느냐마는 되레 찔려서 나오는 선제 방어 기제이기도 하다. 여행도 맘 편히 하지 못하는 이 직업, 어찌 생각하면 진짜 답이 없다. 그래서 속으로라도 구차하게 외쳐 본다. '여러분! 저도 이번에 이렇게 처음 여행해 봅니다. 곱지 않은 시선을 제발 거둬주시지요.'라고. 아주 조용히 콩알만 하게 말이다.

교사에 대한 부담스러운 시선들을 피해 가며, 나는 무리 속에서도 이방인임을 자처하며 독자 노선을 걸었다. 하루 종일 바다에 앉아있거나, 더운 날 동네를 하염없이 걷고 또 걸었다. 버스를 타고 시내에 나가보기도 하고, 평화로운 오수(午睡)를 즐기기도 했다. 서점에 다니며 외국 도서 구경도 하고, 가지고 간 책을 모조리 읽느라 정신없이 보냈다. 모닝 마켓에 가서 싼 토스트를 먹으면서도 행복했던 건 오랜만에 쫓기지 않는 평안한 일상 때문이었다. 처음으로 맞이해 본 진짜 방학이었다. 하루하루를 나에게 선물하며 소중히 보냈다. 그게 다였다.

교사가 되면서부터 매번 똑같은 루틴으로 살아가야 하는 강박으로 몸살을 앓을 때쯤, 사십 중반 이후 나의 진로에 대한 고민이 많아졌을 때 떠났던 여행이었다. 그런데 여기서 이런 쉼표를 찍게 되다니, 숨 가쁘게 살아온 내 인생에 미안해지기도 했고 한 편 위로가 되었다.

무작정 떠났던 말레이시아에서의 한 달은 나에게 큰 희망과 용기를 안겨준 사건이었다. 이십 년을 교사로서 충직하게 일해 온 시간에 대한 보상이기도 했다. 교사가 되기 전엔 방학이면 평생 이렇게 자유로운 삶을 살 줄 알았다. 그런데 그런 시간은 내 삶에서 쉽게 오지 않았다. 고단했던 삶은 방학에 아픈 몸을 회복하고 나면 바로 다시 개학, 개학하고 나면 또다시 반복적인 골병의 일상이었다.

교사의 방학은 외부 사람들이 흔히 말하는 '노는 시간'이 아니다. 방학의 모든 휴식과 경험은 다시 교육으로 투입될 준비와 충전의 시간임을 교사들은 누구나 안다. 쉴 때가 되었기 때문에 주는 강제 휴식 시간이기에 교사들끼리는 이렇게 말한다. '딱 미치려고 하니까 방학이 온다.'라고 말이다. 이것이 방학이 주는 강력하면서도 숨겨진 의미이다.

"말레이시아 한 달 살기에서 가장 좋았던 건 뭐야?"
"파도 소리 들으면서 낮잠 잤던 거지."

여행 끝에 남들은 대단한 것을 기대하고 물어보지만 내 대답은 언제나 같았다. 일생일대의 대범한 방학이었지만 소박하고 소소한 참 행복을 얻은 방학이었다. 다시 교사로 살아갈 용기를 얻은 방학이었다. 이제부터 십 년은 더 걸을 수 있겠다 싶었다.

5. 선생으로 산다는 것

"옷 좀 맡길게요."

"예, 선생님, 몇 호 맞으시죠?"

뭐지? 직업을 알려준 적이 없는데 세탁소 아줌마는 분명 내 직업을 알고 있었다. 그것도 '선생님'이라는 호칭을 쓰면서 나에게 부드러운 눈빛을 보내고 있었다. 이건 필시?

"경비 아저씨! 누가 차를 박고 도망간 듯해요, CCTV를 돌려봐야겠어요."

"예, 한번 볼까요? 근데 선생님, 우리 조카도 선생님인데, 요새 선생 하기 힘드시죠?"

"예? 아. 네에에~ 그렇죠."

뭐야? 이 아저씨는 또 어떻게 내 직업을 알았지? 앉은 자리에서 자세를 곧추세우고 모범적인 처자가 되어 경비 아저씨와 수색 작전을 마무리했다. 그녀가 다녀간 흔적이 곳곳에 남아있었다.

"안녕하세요. 아주머니."
"예. 선생님, 안녕하세요. 일찍 퇴근하시나 봐요."

앞집 아줌마도 내가 선생인 줄 알고 있었다. 왜 모두 내가 교사라는 사실을 공유하고 있는 것일까? 나는 그녀의 잠행에 점점 동네에서도 선생의 입지를 굳혀가며 교사로 거듭나고 있었다.

그녀는 붙임성이 좋고, 누구에게나 친절하고 부지런하여 동네에서도 인정받는 여인이다. 그녀의 별명은 여기저기 잘도 돌아다니는, 그래서 몸이 열 개라도 모자란 일명 '홍길순'이었다. 바로 나랑 같이 사는 여인. 우리 엄마일 것이라 짐작해 본다.

그런데 나는 이 사실을 알고도 그녀에게 왜 그랬냐고 한 번도 다그치지 않았고, 사실은 그럴 마음도 버린 지 오래다. 그냥 내 처신만 불편해졌을 뿐, 그것이 그녀와 함께 사는 나의 운명이라고 받아들이기로 했다. 그녀에게 딸내미가 교사라는 사실은 세상 사람들 모두에게 자랑할 만큼 차고 넘치는 자부심의 원천이었다.

내게는 한 번도 그 마음을 들킨 적이 없지만 그녀는 시간만 나면 동네방네 떠들며 자랑하는 게 자신의 존재감을 드러내는 것인 양, "우리 딸이 말이에요. 교사거든요."라고 살짝 정보를 흘리면서 함박웃음을 지었을지도.

옛날 분들에게 교사라는 직업은 '그놈의 교사'가 아닌 모양이었다. 맞장구쳐주는 동네 어르신들 모두 옛날의 향수에 젖어있으니 그 장단을 말해 무엇하랴. 하여튼 나는 '3층에 사는 아줌마'에서 '3층에 사는 선생님'으로 승격되었다. 그 이후로 나의 자유로운 모든 처신은 끝이 났고, 언제나 바른 행동거지와 옷차림으로 '모범 시민'의 삶을 살아가야 한다는 사실을 한 번 더 확인할 수 있었다.

그런데 이런 우리 엄마에게도 질투를 일으키게 하는 강적이 나타났으니, 친구분의 딸내미가 바로 '부부 교사'였던 것이다. 그녀는 그 앞에서만은 기가 죽는지 틈만 나면 푸념 섞인 소리로 나에게 하소연했다. "엄마 친구 딸내미는 부부 교사라서 출퇴근도 같이하더라. 수능 감독도 같이 가고, 방학 때도 같이 있고, 얼마나 좋으냐." 늘 이런 식으로 이야기가 끝이 난다. '엄마! 이제 와서 교사인 남편으로 바꿀 수도 없잖아요. 결혼 전에 알려줬어야죠.' 잊을 만하면 나오는 도돌이표 대사에 속마음을 감춘 채, 엄마의 터져 나오는 방언에 한마디 공격도 못 하고 후퇴하는 나. 그게 그녀의 아쉬움을 토로하는 유일한 방법이라는 것을 알기에.

농부의 자식으로 태어나 장사꾼의 아내, 자신도 장사꾼으로 한평생을 살아오신 엄마의 마음이 뭔지 안다. 그래서 교사는 더욱이 그녀에게는 하늘 높은 데 있는 고귀한 직업이다. 거기에다 그것을 남도 아닌 내 딸이 하고 있으니 그 얼마나 자랑하고 싶을 것인가? 내가 교사로 살아가는 시간 동안 우리 엄마에게도 그와 비슷한 시간이 함께 흘러가고 있었다.

뉴스에서 교사에 대한 이야기가 나올 때마다 세상이 말세라고 하면서 안타까워하는 그녀.

그녀의 딸이 그저 교사로서 명예롭게 학교를 평생 잘 다녀주기만을 바라는 옛날 어르신.

교사가 세상 누구보다 귀하게 대접받기를 바라는 그녀.

그리고 그러한 교사의 엄마로 살아가기를 바라는 그녀.

'선생 똥은 개도 안 먹는다.'라는 옛말 틀린 거 하나 없다. 요새 선생으로 산다는 것, 애들 말로 진짜 '개 힘들다.' 그야말로 세상의 모든 완벽을 요구하는 이 시대의 '모범의 대명사'로 살려면 체력도 멘탈도 너덜너덜해진다. 사춘기 질풍노도의 시기도 아닌데 교사로 지내면서 수없이 감정의 파도를 타다 엎어질락 말락 하기를 여러 번. 여전히 우리들끼리는 쉬쉬하지만, 마음 치료를 위해 병원에 다니는 교사가 많은 것은 교사들만 아는 아프고 슬픈 현실이다.

교사에 대한 높은 기대, 곱지 않은 시선, 그리고 사회적으로 낮은 예우 덕분에 개나 소나 다 돌진한다. 선생으로 산다는 것, 좀 아프다. 그런데도 개 힘들고, 개조차 거들떠보지 않는 선생 똥을 싸더라도 나는 우리 엄마, 그녀의 자부심을 위해 오늘도 교사로 걸어볼 작정이다.

"아. 우리 딸이 교사거든요."

그녀가 오래도록 이 주문을 퍼트리며 행복할 수 있도록 말이다.

6. 모퉁이를 돌았더니

공자님은 『논어』에서 나이 사십을 불혹(不惑)이라 하여 미혹되지 않는다고 했는데, 나는 어쩐 일인지 40대가 되고부터 한 해를 거듭할수록 더 미혹되었고, 갈팡질팡 길을 잃고 헤매기 시작했다. 이렇게 60대까지 평교사로 아이들과 툭탁거리며 서 있을 모습을 생각하니 눈앞이 캄캄, 심장이 쿵 하고 내려앉기 일쑤였다.

복잡하기만 한 학교생활에 교사로서의 생명, 연명에 대한 불안함이었을까? 아니 쳇바퀴 돌 듯 그냥 지루하고 힘든 학교를 벗어나고 싶었을까? 그렇게 내 욕심 반, 주변의 권유 반으로 시작한 전문직 시험공부의 길. 임용고시 때처럼 정신 집중하고 열심히 하면 될 거로 생각했지만, 그때와 지금의 현실은 확연히 달랐다. 늙은 어머니께 아이들을 맡기고 집을 빠져나올 때의 죄책감, 외워도 금방 휘발되는 글자들 때문에

'돌대가리'라는 말을 연신 해대며 내 머리통은 남아나질 않았다. 거기다 공부한 지 몇 분 안 되어 꾸벅꾸벅 졸고 있는 나를 수없이 마주하면서 예전과는 다른 체력과 머리 회전에 좌절해야 했다.

그렇게 시작된 현실과 이상의 언저리에서 나는 매번 질문 감옥에 갇혔다. 난 여기서 뭘 하고 있는 걸까? 진짜 되고 싶은 건 무엇일까? 이 공부는 내가 원하는 삶을 살게 해줄 것인가? 나의 행복과 아이들과 함께하는 시간은 바꿀 수 있는 것인가? 학교 탈출을 꿈꾸며 무언가 되어보겠다고 시작한 선택이었는데 계속 가자니 자신이 없고, 그만두자니 마음이 괴로운 진퇴양난의 늪에 빠졌다.

고민이 도돌이표를 찍고 있을 때쯤, 나는 혁신학교에 발령받았고, 삶의 전환점을 맞게 되었다. 그해 역시도 거센 파도 속에서 허우적대며 삶에 지쳐갔지만 따뜻하게 나를 품어주었던 학교와 동료들, 그리고 미운 오리 새끼였던 내 제자들을 만나 풍랑의 바다에서 살아남을 수 있었다.

오랜만에 맡게 된 담임교사의 역할은 단순 교수자의 삶과는 조금 달랐다. 난 그 덕분에 아이들의 삶과 밀착하며 더 깊게 그들과 만날 수 있었다. 무기력과 냉소에 빠져있던 아이들, 바뀔 것 같지 않을 아이들을 위해 더 다정하고 따뜻한 사람이 되어야 했다. 수업에 참여하지도 않는 아이들을 위해 수업에 대해 더 많이 고민해야 했고, 어른들에 대한 불신으로 가득 차 있던 아이들에게 민주적인 어른의 모습으로 다가가야 했다.

무엇보다 내 우울감에서 벗어나야 했다. 열악한 환경에 있는 아이들을 위해 내가 가진 것을 더 많이 베풀어야 했기에 부지런히 움직여야 했다. 혁신학교는 나를 다시 아이들 곁으로, 교사라는 이름에 한 걸음 더 가까이 다가가게 했다. 교사가 무엇을 해야 하는지, 교육자의 소명을 매 순간 느끼게 하면서 나는 그렇게 처음 내게 주어졌던 교사의 자리를 찾아가고 있었다.

더 나아가 학교라는 곳이 그저 아이들을 가르치기 위해 내가 출근해야 하는 곳이었다면, 이제는 무엇인가 꿈꿀 수 있는 더 큰 공간으로 다가왔다. 행복한 학교를 만들기 위해서, 민주적인 학교를 만들기 위해서, 좀 더 좋은 교육을 하기 위해 나는 꿈을 꾸고 있었다. 교사 개인의 삶을 넘어 좀 더 큰 바다로 항해하기 위해 준비를 하고 있었다. 넘실대는 파도가 두렵지 않을 만큼 그때의 나는 가슴이 벅차올랐고, 그 어느 때보다 희망에 부풀어 있었다.

하루살이 교사와 다를 바 없는 삶을 살아오면서 늘 소진되어 퇴근했다. 기울이는 한 잔의 술과 노래방에서 불러대던 유행가에 넋두리를 실어 보내며 그렇게 소모적인 시간을 보내왔다. 그래서 늘 학교는 벗어나고 싶은 곳이 되어 버렸다. 그러던 차에 근무하게 된 새로운 학교, 그리고 새롭게 맡은 리더의 자리가 똑같은 일상에 조금씩 균열을 내기 시작한 것이다. 그저 아이들을 좋아하는 마음 하나로 학교에 다닌 것이 전부였고, 대단한 교육 신념을 가지고 살아온 건 아니었다. 하지만 내 마음 어딘가 학교에 대한 애착과 새로운 꿈이 즐거운 상상으로 번져가고 있었다. 이전의 탈출하고 싶은 마음과는 다른 마음이었다.

루시 모드 몽고메리의 『빨강머리 앤』에서 앤은 성공 가도를 달릴 때 더 넓은 세계로의 비상을 포기하고, 아픈 마릴라를 위해 고향으로 돌아와 교사가 되었다. 그녀는 길모퉁이를 돌 때 두려움은 있지만 가장 좋은 게 있을 거라고 믿으며 또 다른 삶을 선택했다. 그녀의 선택은 나에게 조금은 실망감을 안겨주었다. 하지만 이제 그녀의 선택의 의미를 알겠다. 성공은 남에게 보이는 것이 중요한 것이 아니라 내 마음속의 행과 불행의 척도에서 비롯된다는 사실을 말이다.

나에게도 선택의 순간이 온 걸 직감했다. 끝내지 못한 결론에 대한 후회와 가보지 못한 길에 대한 아쉬움이 순간순간 나를 짓누르겠지만, 지금이었다. 길모퉁이를 돌 순간이.

그해 겨울, 나는 붙잡고 있었던 전문직 시험공부를 그만두었다. 돌대가리 같은 내 머리를 믿고 공부할 자신이 없던 것도 사실이지만, 혁신학교를 만나면서 아이들 곁에서, 동료들 곁에서 더 좋은 교사가 되고 싶다는 생각이 들었다. 어쩌면 나는 더 큰 꿈을 꾸게 된 걸지도 모른다. 길이 없어도 길을 만들어가는 사람이 되리라 다짐했다.

그리고 지금의 나는 또 한 번 모퉁이를 돌았다. 다시 새로운 길에 들어서 있다. 그 이듬해 나를 교사로 더욱 성장시킨 혁신학교의 이야기를 담은 책, 『나는 혁신학교 교사입니다』를 출간하면서 인생 계획 어디에도 없었던 저자가 되었다. 내 인생에 저자라니! 생각지 않는 길에서 새로운 일을 하며 전과는 달리 설레며 산다. 이제는 독서실이 아니라 내 책상에서 공부하고 글을 쓰고 있다. 책상에 앉아있는 건 변함이 없지만 전자보다는 즐겁다. 그리고 글 쓰는 삶은 교사의 길을 더 올바르게 걸을 수 있도록 토닥여주었다. 다른 길을 가려고 애쓰던 내게, 교사로서 계속 정진하게 해주었다. 아이들과 동료 교사를 만나며 학교에서 살아갈 힘을 주었다.

인생의 길모퉁이를 돌아 결국 나는 새로운 길에서 또 다른 삶을 살아가고 있다. 없을 것 같은 길에서도 다른 길은 열려있고, 그 안에 나를 기다리는 행복도 있었다. 나는 오늘도 출근하기 싫은 몸을 이끌고 가장 사랑하는 제자들과 동료들을 만나러 간다. 여전히 내가 잘할 수 있는 일이 있음에 감사하며 그 일을 계속해 나갈 수 있도록 다시 교사로 한 걸음 한 걸음 옮기는 중이다. 그리고 또 한 번 새로운 모퉁이를 돌아야 한다면 그때도 역시 주저하지 않고 가볼 작정이다.

7. 오늘도 교사로 나아가는 중입니다

"와! 눈 온다!"

수업 중간에 갑자기 들려온 아이의 탄성으로 앉아있던 아이들의 눈이 일제히 창밖으로 향했다. 눈이 펄펄 날리는 게 제법 올 모양이다. 나는 벌써 퇴근길이 걱정인데 아이들은 그런 것 따위는 안중에도 없는 눈치다. 어떻게 하면 빨리 운동장에 나가서 흰 눈을 맞아볼까 하는 생각만 가득해서 눈동자는 벌써 흥분 상태에 접어들었다. 언젠가는 교실에만 있는 아이들이 안쓰러워 수업 중에 눈을 맞으러 나가보기도 했지만, 천방지축인 악동들의 현란한 몸짓을 감당하지 못했다. 결국 다시는 나가지 않겠다고 다짐했었고, 그 이후로 그저 창밖으로만 눈을 바라보는 것을 허락한 참이었다.

쉬는 시간이 되자마자 아이들은 쏜살같이 운동장으로 튀

어 나간다. 추운 줄도 모르고 뛰어노는 아이들을 바라보며 내리는 하얀 눈이 아이들과 참 많이도 닮았다는 생각이 들었다. 순수하면서도 밝고 기쁨을 주면서 장난꾸러기 같은…. 눈 오는 날이라도 친구들과 한바탕 즐겁게 노니 다행이라고 생각도 해보지만 한편 다 젖어버린 교복이 걱정되는 것은 어쩔 수 없다.

어릴 적 꿈이 있었다. 교사가 된다면 눈이 펑펑 오는 날, 아이들과 맘껏 놀아주는 선생님이 되어야겠다는 꿈. 밖에 나가서 눈싸움하자는 아이들의 성화에 못 이긴척하며 하얀 눈밭에서 같이 구르면서…. 그렇게 제일 먼저 아이들의 마음을 알아주는 선생님이 되겠다고. 그 시절 우리 선생님이 그랬던 것처럼 그런 어린이 세계에서 바랐던 선생님이 되어 주겠다고 막연히 다짐했었다. 사계절 교정의 풍경이 바뀔 때마다 그 안에서 뛰어노는 아이들을 바라보며 가끔 교사의 길에 대해 생각한다.

꿈과 도전으로 시작한 교사로서의 인생은 험난하기도 했

고, 즐겁기도 했다. 그리고 여전히 그런 상태를 반복하며 진행 중이다. 처음 출근한 교실에서 생전 처음 내 아이들을 만났던 그 기분, 꼬물꼬물했던 녀석들이 나를 쳐다보았던 긴장감과 따뜻함을 잊지 못한다. 아이들과 등산도 하고, 놀이공원이며 영화관으로 데리고 다니며 신나게 놀아주었고, 학교 운동장에서 물총 놀이며 술래잡기 등 한바탕 뛰어다니며 함께 웃었다. 목청 높여 열정적으로 가르치고, 나쁜 길로 가지 않도록 매를 들기도 했고, 아픈 아이들을 위해 한 명 한 명 다정하게 손을 잡아주고, 모든 아이를 위해 기도하며 좋은 선생님이 되기 위해 노력했던 시간이었다.

교사는 나를 위해 되고 싶은 직업이기도 했지만, 어린 날의 유약했던 나를 어루만지는 일이기도 했다. 그 마음이 내가 가고 있는 교사의 길과 연결된다. 내 어린 시절을 통해서 아이들의 삶을 들여다보고 어루만지면서 그들의 삶을 단단하게 해주는 그런 선생님이 되고 싶었다.

요새 교단을 둘러싸고 많은 사건이 일어나면서 '교사'라는 직업은 죽었다가, 다시 살아나기도 했다. 염려를 넘어선 혐오 같은 것이 마뜩잖으면서도, 그럼에도 불구하고, 그래도 '교사'의 삶은 내 인생 그래프에서 빼놓을 수 없는 행복감을 안겨주었고, 특별하게 빛나는 카이로스의 시간이었다. 수시로 변하는 내 마음을 나도 모르지만, 다시 태어난다면 여전히 아이들 곁에 좋은 선생님으로 서고 싶다는 위험한 생각을 해본다.

아이들이 하교한 운동장에 또다시 눈발이 날리며 쌓이기 시작한다. 눈길을 걸으며 아이들과 함께 배웠던 이양연의 〈야설(野雪)〉을 떠올려본다. 그리고 천천히 조심스럽게 꾹꾹 발걸음을 옮긴다.

穿雪野中去(천설야중거)
눈 덮인 길 뚫고 걸어갈 때
不須胡亂行(불수호란행)
어지럽게 함부로 걷지 말아야 한다

今朝我行跡(금조아행적)

오늘 나의 발자국이

遂爲後人程(수위후인정)

마침내 뒷사람의 길이 되리니

"나는 교사로서 잘 걷고 있는가?

나는 지금까지 교사로 행복한 사람이었는가?

나는 이제부터 남은 길을 어떻게 걸어가야 할 것인가?

지금 가고 있는 나의 길이

어디를 향하는지 정확히는 알 수는 없으나

바르게 걸어가고 싶다.

나이를 먹는 것일까

생각이 많아지는 것일까

어른이 되어가는 것일까

아니면 진짜 교사가 되어가는 것일까

이 길이 고난하여

가끔은 휘청거리며

비틀대다가도

결국엔 바른 걸음걸이로

아이들을 향해

오늘도 그렇게 교사로 묵묵히 나아가고 싶다."

한 발짝씩 옮길 때마다 하얀 눈밭 위에 발자국이 푹푹 패이며 내 뒤를 곧게 따라온다. 눈길에서도 잘 걷다 보면 어느새 그 길 따라 다시 꽃 피는 봄이 오겠지.

ADDITION 교육 공감 (4) – 시 한 줄 교육 한 스푼

어느 날 그 꽃자리에
가장 눈부신 보람의 열매 하나
열리는 행복을 기다리며
오늘도 묵묵히 최선을 다하는
아름다운 교사가 되게 해주십시오

이해인, 「어느 교사의 기도」[5)]

5) 이해인(2011), 『꽃이 지고나면, 잎이 보이듯이』, 샘터사

이해인의 「어느 교사의 기도」를 읽으며
다시 '교사의 소명'을 생각합니다.

교사로 걷는 이 길이
한없이 외롭고
자신이 없어질 때마다
봄꽃처럼 내게 오는
아이들을 위해

찬란한 어느 봄날
열매 맺는 아이들을 고대하며
그들을 위해 기도합니다.

그리고
그 곁에 있는
나를 위해
기도합니다.

잘 걸어갈 수 있도록
그 길에서 길을 잃지 않도록

오늘도 교사로
행복한 걸음을 옮기기 위해
마음 단단한 교사로 서기 위해
교사 된 첫 마음을 떠올립니다.

에필로그

오늘도 교사로 걷고 있는 당신에게

"나에게 '교사'란 어린 시절의 선생님을 떠올려볼 때 배움의 동기를 열어주시고, 뒤에서 기꺼이 따뜻한 시선으로 나의 길을 잘 걸을 수 있도록 바라봐주셨던 그런 분들이었다."

교육대학원 재학시절 교육학자 윌리엄 파이너(William F. Pinar)의 자서전적 접근에 기초하여 '나의 간단한 교육 자서전' 쓰기를 했던 시간이 있었다. 그 첫 번째는 전향적 접근이었다. 유 · 초 · 중 · 고 · 대학교 그리고 초임 교사 시절을 돌아보고 교육과 관련하여 구체적인 경험을 떠올리는 것이었다.

두 번째는 후향적 접근으로 이를 바탕으로 미래에 어떤 교사가 되고 싶은지를 고찰하는 것이었다. 위의 내용은 그때

작성했던 페이퍼의 내용 중 일부이다. 교수님께서는 교육적으로 삶을 들여다보는 것은 자신의 정체성을 알게 해주고, 좋은 교사가 되기 위해 필요한 일이며, 자신의 이름으로 책을 한 권 내더라도 도움이 될 것이라고 하셨다. 오랜만에 책장을 정리하다 발견한 대학원 과제 페이퍼를 들여다보며, 내가 쓰고 있는 이 글의 시작이 바로 그 수업 덕분이라는 걸 알아차렸다. 교사가 되기 위해 내 삶으로 파고들었던 모든 경험이 지금의 나를 만들었고, 어떤 교사로 나아갈지에 대한 답도 내어주었다.

교사로 서기까지 기나긴 겨울의 시간을 견디고, 열정을 다해 가르쳤던 뜨거운 여름의 시간도 지났다. 어느덧 가을의 시간이 깊어져 가면서 성숙한 교사가 되어간다. 그리고 생각이 많아진다.

교사로 사는 일이 때론 힘들어서 흔들리며 아파한 시간도 많았다. 하지만 교사로서 정체성을 가지고 걸었던 시간은 차곡차곡 쌓여 나에게 '교사'라는 이름을 선물해 주었다. 이제는 치열함보다는 편안한 마음으로 아이들을 바라보는 시각도 생기고, 따뜻한 눈길로 동료를 바라보는 시선도 갖게 되었으며, 진심으로 학교를 걱정하는 마음마저 움트는 걸 보니 나의 지난 시간이 헛되지 않았음을 알겠다.

돈으로는 살 수 없는 일, '사람을 키우는 일'을 보람으로 삼으며, 이제 서서히 피어오르는 제자들의 삶을 바라본다. 교사이길 잘했다고, 비틀거렸지만 잘 걸어왔다고 어깨를 토닥여주고 싶다. 꼬맹이 때부터 지금까지 교사의 삶으로 나를 이끌어 주시고 올바르게 걸을 수 있도록 해준 내 어린 날의 많은 선생님들과 교수님들께 감사하고 싶다. 특히 이 책에 영감을 주신 건국대학교 조덕주 교수님께 깊이 감사드린다.

교직에 들어서서 숨 가쁘게 달려온 삶, 하루하루 버거워도 아이들과 보낸 소소한 즐거움과 행복으로 일 년을 보내다 보니, 어느덧 23년이 지났다. 힘들 때마다 내 인생에 봄은 언제 오나 싶었는데 돌아보니, 교사로 아이들과 함께한 삶이 나에게는 언제나 꽃 피는 봄이었구나 싶다. 걸어온 시간보다 걸어갈 날이 짧다는 것을 느끼는 순간, 가끔은 교정에 흐드러지게 피는 벚꽃이 더욱 아쉬울 것 같다. 그런 마음으로 하루하루 소중하게 교사의 걸음을 옮기려 한다.

"내 아이들의 좋은 선생님으로
특별한 삶을 살아가고 있는 그대에게,
오늘도 자부심을 가지고
묵묵히 교사로 걷고 있는 당신에게
봄날 같은 따뜻한 위로와 지지를 보냅니다.
대단치 않은 삶일지라도
가치 있는 일을 해나가는
우리의 평범한 일상에 박수를,
그리고
외로운 길 함께 손잡고 가자는 마음을 전합니다."

<교사 덕후의 교실 외계어 분석 써머리 노트>

쌉가능한 선생님 편

덕후: 한 가지에 깊게 빠진 사람을 일컫는 신조어.

입덕: 한 가지에 깊게 빠져들기 시작하는 현상을 일컫는 신조어.

덕질: 어떤 한 가지를 계속해서 파고드는 행위.

(예: 장난감 자동차를 계속 수집하는 행위)

부심: 負心. 자부심을 조금 낮잡아 이르는 신조어.

극혐: 아주 싫어한다는 뜻의 아이들이 쓰는 신조어.

충: 무언가에 집착하는 사람을 부정적으로 일컫는 신조어.

홀릭: 무언가에 매진하는 사람을 일컫는 신조어.

노답: 도저히 답이 없다는 뜻의 신조어.

현타: 현실 자각 타임을 줄여 이르는 말로, 헛된 꿈이나 망상 따위에 빠져있다가 자기가 처한 실제 상황을 깨닫게 되는 시간.

라떼: '나 때'의 변형어. 신조어.

성덕: '성공한 덕후'의 줄임말.

멀미충: 멀미에 심한 사람을 낮잡아 이르는 말.

쌉가능: 뭐든지 다 가능하다는 뜻.

멘붕: '멘탈 붕괴'의 줄임말로서, 정신이 붕괴될 만큼 좌절되거나 당황스럽다는 뜻.

안습: '안구에 습기 찬다'의 줄임말, 눈물 난다는 뜻.

에바: '오버(Over)'의 변형어. 무리라는 뜻.

관종: '관심종자'의 줄임말. 관심받고 싶어 뭐든지 하는 사람을 일컫는 말.

인싸: '인사이더(Insider)'의 줄임말. 무리에 잘 속해 있는 사람.

아싸: '아웃사이더(Outsider)'의 줄임말. 무리에 잘 속하지 못하고 혼자 있는 사람.

존나: '굉장히' '엄청난'이라는 의미의 비속어.

꿀잼: 매우 재밌다는 뜻.

핵꿀잼: 꿀잼보다 더 재밌다는 뜻.

개 멀다: 진짜 멀다. '존나'와 비슷하게 '굉장히', '엄청난' 이런 의미를 가진 비속어.

기모띠: '기분 좋다'라는 의미를 가진 신조어. 일본어에서 변형된 변형어이다.

존멋: '존나 멋있다'의 줄임말.

쩔어요, 쩔다: '멋있다'는 의미.

존예: '존나 예쁘다'의 줄임말.

존맛탱: '존나 맛있는 음식'의 줄임말.

세젤귀: '세상에서 제일 귀엽다'의 줄임말.

어쩔티비, 저쩔티비: '어쩌라고' '저쩌라고'의 줄임말. '저쩌라고'는 국어사전에 없는 말이지만, '어쩌라고'를 받아치기 위해 생긴 신조어이다.

개꿀: '진짜 좋다'는 의미.

잼민이: '초등학생'을 낮잡아 이르는 말. 초등학생처럼 유치한 행동을 하는 사람을 일컬을 때 쓰기도 한다.

킹받다: '엄청 열 받는다.'라는 의미.

눈갱: '네가 못 생겨서, 또는 잘 안 꾸며서 내 눈이 상했다.'라는 의미.

알빠: '내가 알 바 아니다.'는 말의 줄임말.

LTE 급: '정말 빠르다'는 의미.

뭥미: '이건 대체 뭐지?'라는 의미.